關正文　主編

U0063995

作文選詞
正誤 手冊

豐富寫作詞庫
寫作得心應手

中華書局

目錄

人物篇

情緒 · 感受 · 態度

言語・行為

外貌 · 表情 · 身體

品德 · 性格

事物篇

事態

性質・程度・狀態・現象

物品 · 地方 · 建築

自然篇

自然 · 氣象

季節 · 時間

人物篇

① 夢魘
（簡體：梦魇 mèng yǎn）

俗語／粵語：俾鬼責、鬼壓牀

釋義

指在睡眠時，因夢中受驚嚇而喊叫；或覺得有甚麼東西壓在身上，不能動彈。也常用來比喻經歷過的可怕的事情。古人認為夢魘是魂魄外遊，被鬼邪侵入導致的。所以「魘」字從鬼，也稱為「鬼魘」。

近義詞及反義詞

近義詞	反義詞
惡夢	美夢

常見錯誤

「魘」容易誤讀為 yàn。「魘」從鬼，厭聲。「厭」在現代讀為 yàn，但在古代讀作 yǎn，因此，「魘」的正確讀法應為 yǎn。

例句

一切夢魘似的都市的精怪，毫無憐憫地壓到吳老太爺朽弱的心靈上。

——茅盾《子夜》

② 寵辱不驚

（簡體：宠辱不惊 chǒng rǔ bù jīng）

俗語／粵語：不計較得失

釋義

受寵或受辱都不放在心上，形容把得失全部置之度外。後世多用「寵辱不驚」來形容人有很深的涵養，能置得失於度外，也可以作「寵辱無驚」。

近義詞及反義詞

近義詞	反義詞
置之度外、淡泊平和	寵辱若驚、患得患失

常見錯誤

《老子》中有「得之若驚，失之若驚，是謂寵辱若驚」的句子，意思是得寵和受辱都感到驚恐不安，形容患得患失。跟「寵辱若驚」的意思相反，「寵辱不驚」意思是受寵受辱都不放在心上。

例句

他生性平和恬淡，寵辱不驚。

——汪曾祺《譚富英佚事》

③ 措手不及
（簡體：措手不及 cuò shǒu bù jí）

俗語 / 粵語：揦手唔成勢

釋義

臨時來不及應付。「措」本義是放置、安放，後來引申為處理、安排。

近義詞及反義詞

近義詞	反義詞
猝不及防、驚慌失措	從容不迫、鎮定自若

常見錯誤

人們常把「措手不及」的「措」字寫錯，「措」的本義是安放、安排，需要用到手，所以是提手旁。

例句

眾妖一齊上前亂砍，八戒措手不及，倒拽着釘耙，敗陣而走。

——吳承恩《西遊記》

④ 飢腸轆轆
（簡體：饥肠辘辘 jī cháng lù lù）

俗語 / 粵語：餓到打鼓

釋義

轆轆：象聲詞，車輪滾動聲，借指腹中因飢餓而發出的咕嚕咕嚕的響聲。肚子餓得咕咕叫，形容十分飢餓。

近義詞及反義詞

近義詞	反義詞
食不果腹	酒足飯飽、豐衣足食

常見錯誤

「轆轆」是象聲詞，不是濕的意思，因此不可寫作「漉漉」。

例句

第二次世界大戰之後糧食短缺，國家必須想盡辦法幫助飢腸轆轆的子民。

⑤ 覬覦
（簡體：觊觎 jì yú）

俗語／粵語：貪圖、吼住

釋義

希望得到（不應該得到的東西）。現在「覬覦」多用作動詞，含貶義。

近義詞及反義詞

近義詞	反義詞
妄求	不奢求

常見錯誤

「覬」「覦」都是形聲字，都和「看」有關，因此右部均為一個「見」字。

例句

他們強撐着乾癟的軀殼，在寒徹的風中半是覬覦、半是絕望地哀鳴。

——李二和《流浪的夢》

⑥ 蔑視
（簡體：蔑视 miè shì）

俗語／粵語：睇唔起

釋義

輕視；小看。「蔑」字是個會意字，本義是眼睛因過於勞累而沒有神采。

近義詞及反義詞

近義詞	反義詞
鄙視、漠視、輕蔑	尊敬、敬重、尊重

常見錯誤

「蔑視」的「蔑」字容易寫錯。要注意不要寫成「篾」。後者主要是指劈成條的竹片，如竹篾，因此是竹字頭。另外，需要注意「蔑」的下面是一個「戍」字，而非「戊」。有一個口訣是「橫戌（xū）點戍（shù）戊（wù）中空，十字交叉就是戎（róng）」，可以幫助我們區分「戌」「戍」「戊」「戎」這幾個形近字。

例句

古埃及的奴隸們，有時也會冷然一笑。這是蔑視一切的笑。
——魯迅《花邊文學・過年》

⑦ 寧缺毋濫
（簡體：宁缺毋滥 nìng quē wú làn）

俗語／粵語：重質不重量、貴精不貴多

釋義

寧可缺少一些，不要不顧品質一味求多。

近義詞及反義詞

近義詞	反義詞
寧遺勿濫	濫竽充數、多多益善

常見錯誤

「毋」不可讀作 4 聲。「毋」音 wú，「勿」音 wù。兩個詞都是副詞，表示禁止或勸阻，相當於「不要」。但是，「毋」多用於書面語，如「請毋妄言」「寧缺毋濫」；「勿」既用於書面語也用於口語，如「請勿胡言亂語」。用在標牌上或倉庫、房門上的禁止語或勸阻時一般用「勿」，如「請勿吸煙」「請勿入內」「非請勿入」。

例句

因為參賽的作品水平不夠，我們決定寧缺毋濫，第一名從缺。

8 # 如願以償
（簡體：如愿以偿 rú yuan yǐ cháng）

俗語 / 粵語：夢想成真、心想事成

釋義

自己的願望得到滿足。指願望實現。

近義詞及反義詞

近義詞	反義詞
得償所願	事與願違

常見錯誤

人們常把「償」字寫錯，「償」是形聲字，本義為歸還、賠償。歸還和賠償的主體都是「人」，所以是單人旁。

例句

況且他家裏人既然有心弄死他，等如願以償之後，賊人心虛，怕人議論，豈有不盡力推在醫生身上之理？
——吳趼人《二十年目睹之怪現狀》

⑨ 少安毋躁
（簡體：少安毋躁 shǎo ān wú zào）

俗語／粵語：唔好心急

釋義

少：稍微，暫時；安：徐緩，不急；毋：不要；躁：急躁。暫且安心等一會兒，不要急躁。

近義詞及反義詞

近義詞	反義詞
安之若素、安步當車	氣急敗壞、心急如焚

常見錯誤

「毋」易被誤讀作 wù，或被錯寫作「勿」。其實應讀作 wú，字形與「母」相似。「毋」與「母」在古漢語中本來就是一個字，後來分化為「禁止」的意思，於是加上一畫用來區別，變成了「毋」。

例句

乙校不自心虛，怎能給恐嚇呢？然而，少安毋躁罷。
　　　　　　　——魯迅《華蓋集續編·無花的薔薇之三》

（10）同仇敵愾

（簡體：同仇敌忾 tóng chóu dí kài）

俗語／粵語：坐埋同一條船

釋義

全體一致地仇恨敵人。

近義詞及反義詞

近義詞	反義詞
戮力同心、合力攻敵	同室操戈、自相殘殺

常見錯誤

「愾」是形聲字，但其聲旁「氣」的讀音在今天已和古時候大不相同，因此不可寫作或讀作「氣」（qì）。

例句

在那場關係民族生死存亡的鬥爭中，各族人民同仇敵愾，共赴國難。

⑪ 心有餘悸
（簡體：心有余悸 xīn yǒu yú jì）

俗語 / 粵語：諗起都一額汗

釋義

危險的事情雖然過去了，但回想起來依然會感到害怕。「悸」是指因恐懼害怕而心跳加速。現在的「心悸」既可以指心裏害怕，多用於書面語，也可以指由貧血、心臟病等引起心臟跳動加速、加強和節律不齊，是個醫學術語。

近義詞及反義詞

近義詞	反義詞
驚弓之鳥、談虎色變	泰然自若、神色不驚

常見錯誤

「心有餘悸」是對已經發生過的事情感到害怕，因此只能用於事後害怕的情況。此外需注意「心有餘悸」中的「餘」指的是剩下的、殘存的。

例句

南亞海嘯後，居民都仍心有餘悸，談災色變。

(12) 疑竇叢生
（簡體：疑窦丛生 yí dòu cóng shēng）

俗語 / 粵語：疑點重重

釋義

指有許許多多疑點產生，或因十分懷疑而產生強烈的不信任。

近義詞及反義詞

近義詞	反義詞
疑點重重	毫無疑問

常見錯誤

「叢」易被誤寫為「從」。「叢生」是指像草木那樣一叢一叢聚集在一起茂密生長，表示很多的意思。「從」則主要是依順、跟隨之義，沒有聚集的意思。

例句

這個案件在引起我的訝異的同時，不免讓我疑竇叢生。

⑬ 猶豫不決
（簡體：犹豫不决 yóu yù bù jué）

俗語／粵語：婆婆媽媽

釋義

貶義。猶豫：遲疑。遲疑動搖，拿不定主意。「猶」據古書所言是一種大母猴，遇到一點聲響、危險，就會立刻躥到樹上去，左顧右盼；「豫」是大象，行動的時候先用鼻子去探測。古人將它們的名字合在一起，組成「猶豫」一詞，用以形容人遇事顧慮，遲疑。

近義詞及反義詞

近義詞	反義詞
舉棋不定、優柔寡斷	當機立斷

常見錯誤

此處的「決」不能誤寫作「絕」，這裏的「決」是決斷、做決定之義，沒有「斷絕」的意思。

例句

在決定這件事如何處理時，他變得猶豫不決起來。

14 煽情

（簡體：煽情 shān qíng）

俗語／粵語：催淚

釋義

煽動人的感情或情緒。

近義詞及反義詞

近義詞	反義詞
觸動人心	冷血無情

常見錯誤

「煽」字容易漏掉「火」部，誤寫為「扇」。「煽」和火有關，煽的是火，因此是火字旁，本義是熾盛。「扇」是搖動扇子，扇的是風，是指使空氣加速流動成風。

例句

這位作家擅長寫煽情的愛情小說。

⑮ 懵懂
（簡體：懵懂 měng dǒng）

俗語／粵語：癡癡呆呆、戇居、惛下惛下

釋義

貶義。有點糊塗、迷糊，頭腦不是很清楚或者不太能明辨事物。

近義詞及反義詞

近義詞	反義詞
呆頭呆腦	醒目

常見錯誤

「懵懂」中的「懵」從心，瞢聲，是糊塗和心亂迷糊的意思。請注意不要誤寫為「蒙頭蒙腦」的「蒙」。

例句

事情都已發展到這地步了，你還懵懵懂懂的，好像沒事似的。

(16) 自慚形穢
（簡體：自惭形秽 zì cán xíng huì）

俗語 / 粵語：自卑

釋義

原來指的是因為自己的容貌舉止不如別人而感到慚愧，後來泛指自己覺得不如別人而感到慚愧。

近義詞及反義詞

近義詞	反義詞
自愧不如、妄自菲薄	顧盼自雄、自命不凡

常見錯誤

「慚」為羞愧之義，與內心有關，因此是豎心旁，不能誤寫為「漸」。「穢」從禾，歲聲，本義是荒廢、長滿雜草的樣子。因此寫「穢」字時注意不要丟掉禾字旁。

例句

他善於察言觀色，羨慕而又忌恨那些高高在上的人，在這些人面前，他總是自慚形穢。

——曹禺《日出》

⑰ 纏綿悱惻
（簡體：缠绵悱恻 chán mián fěi cè）

俗語／粵語：么心么肺

釋義

形容內心悲苦難以排遣。也用來形容詩文、音樂等婉轉淒切。

近義詞及反義詞

近義詞	反義詞
淒切、悲淒	歡樂

常見錯誤

《說文解字》把「纏」解為「繞也」。注意「悱」讀 fěi，不要讀成 fēi。

例句

他不是一個詩人，不能寫一首纏綿悱惻的「贈別」。
　　　　　　　　　　　　　　——茅盾《蝕·動搖》

18 愁腸百結

（簡體：愁肠百结 chóu cháng bǎi jié）

俗語／粵語：苦口苦面

釋義

很多憂愁纏繞在心中。形容非常憂愁，非常苦悶。

近義詞及反義詞

近義詞	反義詞
滿腹憂愁	心花怒放

常見錯誤

「愁」是形聲字，從心，從秋，指內心憂慮和發愁。「愁」不要誤寫為「仇」。「仇」也是形聲字，從人，九聲，是仇恨、仇敵的意思，和人有關，比如「同仇敵愾」「疾惡如仇」「苦大仇深」等。

例句

暮春時節，客居他鄉的詩人看到滿地的落花，不禁愁腸百結，憂痛交織。

(19) 風聲鶴唳
（簡體：风声鹤唳 fēng shēng hè lì）

俗語／粵語：疑神疑鬼

釋義

聽到與自己無關的事情都覺得害怕，形容內心非常恐慌。

近義詞及反義詞

近義詞	反義詞
杯弓蛇影、草木皆兵	若無其事、安之若泰

常見錯誤

「唳」本義是鳴叫聲，所以是口字旁。注意不要誤寫為「淚」（lèi），「淚」是眼淚的意思，所以部首是三點水。

例句

賈珍方好，賈蓉等相繼而病。如此接連數月，鬧的兩府懼怕。從此風聲鶴唳，草木皆妖。

——曹雪芹《紅樓夢》

⑳ 呼天搶地
（簡體：呼天抢地 hū tiān qiāng dì）

俗語／粵語：要生要死

釋義

大聲叫天，用頭撞地，形容極度悲痛，悲痛欲絕的樣子。

近義詞及反義詞

近義詞	反義詞
痛不欲生	興高采烈

常見錯誤

「搶」的意思是觸碰、撞擊，「呼天搶地」的「搶」也是這個意思，注意「搶」作這個意思講時讀 qiāng，而不要讀成 qiǎng。

例句

妻子得悉丈夫交通意外去世後，哭得呼天搶地。

(21) 噤若寒蟬
（簡體：噤若寒蝉 jìn ruò hán chán）

俗語／粵語：不敢作聲

釋義

冬天的蟬一聲不響，現在常用來比喻有所顧忌，不敢作聲。

近義詞及反義詞

近義詞	反義詞
默不作聲、緘口結舌	口若懸河、侃侃而談

常見錯誤

「噤」是閉嘴不說話的意思，與禁止的意思類似，但不可寫成「禁」。另外需要注意不能讀作 jīn。

例句

老師的怒斥與責罵，讓在場的所有學生噤若寒蟬，心裏不住地打戰。

22 視如敝屣
（簡體：視如敝屣 shì rú bì xǐ）

俗語／粵語：不放在眼裏

釋義

視：看待；敝：破舊；屣：鞋。當作破舊的鞋子那樣看待。形容極其輕視，根本不放在眼裏。

近義詞及反義詞

近義詞	反義詞
不屑一顧	敝帚自珍

常見錯誤

「屣」，與「履」（lǚ）、「屨」（jù）、「屐」（jī）等字在古漢語中都表示鞋子，但四者有別，不能弄混。其中「履」是通指，「屨」常指麻、葛等製成的單底鞋子，「屐」指木底帶齒的鞋子，而「屣」則指沒有後跟的鞋子或是草鞋。

例句

有志於革命事業的仁人志士，對官位、金錢、美女，都是視如敝屣的。

——魯迅《華蓋集·並非閒話》

(23) 醍醐灌頂
（簡體：醍醐灌顶 tí hú guàn dǐng）

俗語／粵語：開竅、一言驚醒夢中人

釋義

用純酥油澆到頭上。比喻灌輸智慧，使人徹底醒悟。也指感到清涼舒適。

近義詞及反義詞

近義詞	反義詞
茅塞頓開、當頭棒喝	冥頑不靈

常見錯誤

「醍醐」是指酥酪（一種以牛羊乳精製成的食品）上凝聚成的油。而在漢譯佛經中「醍醐」並未用本義，而是引申為「本質」「精髓」，比喻最高佛法。

例句

不知爸爸剛才是出於謙虛，還是這會兒突然醍醐灌頂，大徹大悟啦！

——母國政《我們家的炊事員》

(24) 悒悒不歡
（簡體：悒悒不欢 yì yì bù huān）

俗語／粵語：苦□苦面、捌埋□面

釋義

憂鬱苦悶。

近義詞及反義詞

近義詞	反義詞
悶悶不樂、鬱鬱寡歡	心花怒放、喜不自勝

常見錯誤

「悒悒不歡」是書面語，表示「憂愁不安」的意思。能表示這一意思的詞語還有很多，如「鬱悒」「悒鬱寡歡」「鬱悶」等，但跟它的意思最為接近的是「鬱鬱不歡」一詞。

例句

蒲松齡雖然寫作了偉大的《聊齋志異》，但他深受科舉功名思想影響，因為一輩子都沒有考上舉人，始終悒悒不歡。

(25) 感激涕零
（簡體：感激涕零 gǎn jī tì líng）

俗語／粵語：極度感激

釋義

因感激而流淚，形容非常感激。

近義詞及反義詞

近義詞	反義詞
感激不盡	恨之入骨、忘恩負義

常見錯誤

「涕」的現代常用字義是鼻涕，所以很多人想當然地認為「感激涕零」就是非常感動，哭得連鼻涕都流出來了，其實這種理解是錯誤的。「涕」在這個詞中的含義不是鼻涕，而是眼淚。「涕零」是說流淚，落淚。不論鼻涕還是眼淚，都和水有關，因此「涕」是「水」部。

例句

我以為阿勒泰要麼會自尊地拒絕，要麼會感激涕零地接受，然而他只是平靜地接過那個信封，掂了掂，又遞給我，說：「兄弟，把你的地址留在這上面吧。」

——遲子建《草原》

（26） 紆尊降貴

（簡體：纡尊降贵 yū zūn jiàng guì）

俗語／粵語：屈就、自貶身價

釋義

指地位高的人自願降低自己的身份來和某些人交往，或從事某種活動。「紆尊降貴」本來是一個褒義詞，逐漸地褒義的色彩沒有那麼強烈，但仍然是中性偏褒義，有時帶有諷刺意味，但不具有貶義色彩。

近義詞及反義詞

近義詞	反義詞
虛懷若谷	崖崖自高

常見錯誤

「紆」從糸（mì），於聲，是彎曲的意思。「紓」從糸，予聲，是延緩、緩和的意思。注意，「紆」和「紓（shū）」形體相近，不要弄混。

例句

得這等一位晃動乾坤的大上司紆尊降貴和他作親家，豈有不願之理。

——文康《兒女英雄傳》

(27) 造次
（簡體：造次 zào cì）

俗語 / 粵語：求期

釋義

匆忙，倉促，也指魯莽，輕率。

近義詞及反義詞

近義詞	反義詞
魯莽、冒昧	認真、深謀遠慮

常見錯誤

現在，「造次」已經不多用了，一般以「匆忙」「倉促」等詞代替。

例句

此事當深慮遠議，不可造次。

——羅貫中《三國演義》

（28） 箴言

（簡體：箴言 zhēn yán）

俗語 / 粵語：金石良言

釋義

規勸、勸誡的語言。「箴」除了有勸誡的意思外，還是用於規勸、告誡的一種文體。明徐師曾在《文體明辨序說》中指出，「箴」同「針」，意思是說醫生用針灸刺人的穴位來治病救人，就像人們用諷刺性的、有點刺人的語言來勸誡他人，讓人認識到自己的錯誤。

近義詞及反義詞

近義詞	反義詞
規語	妄語

常見錯誤

人們常將「箴言」誤寫為「真言」。其實「箴言」並非真實的語言或者真理一般的語言。「箴」的本義是古代的竹針，也指針灸用的針形工具。後來從針刺發展出提醒、規勸、勸誡的意思。

例句

慈母多敗兒是我國古代流傳下來的家教箴言。

29 翱翔
（簡體：翱翔 áo xiáng）

釋義

鳥迴旋飛翔，也比喻自由自在地遨遊。

近義詞及反義詞

近義詞	反義詞
飛翔、飛行、遨遊	/

常見錯誤

「翱」字比較難寫。「翱」是形聲字，意思是鳥兒展翅飛，因此以「羽」為部首。注意：「翱」不可誤寫為「遨」，後者是走之部，和行走有關，如「遨遊」。

例句

空軍飛行員駕駛着新式飛機，在萬里藍天翱翔。

(30) 不屑一顧
（簡體：不屑一顾 bú xiè yí gù）

俗語 / 粵語：眼尾都唔望下、懶得理

釋義

不屑：認為不值得，不願意做或不願接受。顧：看。形容對某事物看不起，認為不值得一看。

近義詞及反義詞

近義詞	反義詞
不足掛齒、嗤之以鼻	斤斤計較

常見錯誤

不要把「屑」寫成「肖」。「不屑」表示不重視或不願意做某事，「不肖」指不孝、忤逆。

例句

他視錢財如糞土，是一個對金錢不屑一顧的人。

（31）玷污

（簡體：玷污 diàn wū）

俗語／粵語：羞辱

釋義

弄髒，比喻辱沒。

近義詞及反義詞

近義詞	反義詞
玷辱、污辱	尊重

常見錯誤

人們常把「玷污」的「玷」字寫錯或讀錯。「玷」和玉有關，所以是斜王旁。另外，這個字的讀音是 diàn，而不是 zhān。

例句

奈何他玷污了皇后，敗俗傷風，壞倫亂法，卻該是死罪。

——吳承恩《西遊記》

(32) 混淆是非

（簡體：混淆是非 hùn xiáo shì fēi）

俗語／粵語：捩橫折曲、生安白造、歪曲事實

釋義

故意把對的說成不對的，把不對的說成對的。指故意製造混亂，使人對是非做出錯誤判斷。

近義詞及反義詞

近義詞	反義詞
顛倒是非、是非不分	是非分明、涇渭分明

常見錯誤

人們常把「混淆是非」的「混」字讀錯，應該為 4 聲，還應該注意區分「混」和「渾」。「淆」字容易寫錯和讀錯，這個字是形聲字，左邊的三點水表示這個字和水有關，右邊的「肴」是聲旁，但這個字卻不讀 yáo，而讀 xiáo。

例句

他們顛倒黑白，混淆是非，結幫營私，橫行霸道。

——巴金《一封信》

(33) 矯揉造作
（簡體：矫揉造作 jiǎo róu zào zuò）

俗語／粵語：浮誇、扮晒嘢

釋義

矯：使曲變直。揉：使直變曲。造作：製造而成，不是出於自然。形容過分做作，極不自然。

近義詞及反義詞

近義詞	反義詞
裝模作樣、裝腔作勢	順其自然

常見錯誤

「矯」是矯飾，並不是嬌氣。「造作」與製作木器有關，並非做作。「揉」是動詞，並非柔美婀娜之義。所以不能將矯揉造作寫為「嬌柔做作」。

例句

他的演技不夠純熟，演起戲來還有一點矯揉造作，所以大家對他的評價不高。

(34) 捫心自問
（簡體：扪心自问 mén xīn zì wèn）

俗語 / 粵語：問心、問心嗰句

釋義

摸着胸口自己問自己。指自我反省。

近義詞及反義詞

近義詞	反義詞
撫躬自問	/

常見錯誤

「捫」就是撫摸、按住的意思。這些動作都要用到手，所以是提手旁。

例句

使我感到可怕的是那個時候自己的精神狀態和思想情況，沒有掉入深淵，確實是萬幸，清夜捫心自問，還有點毛骨悚然。
——巴金《隨想錄》

(35) 驀然回首
（簡體：蓦然回首 mò rán huí shǒu）

釋義

表示一下子回頭或突然回頭，不經意回頭的意思。也引申為忽然發現，忽然明白，頓時悟透。

近義詞及反義詞

近義詞	反義詞
回顧	／

常見錯誤

「驀」注意不要誤讀為 mù。「驀然」是突然的意思，不要寫成表示沉默無言的「默然」。還要注意把「驀」與「暮」「摹」區分開。

例句

驀然回首，這段對任何個人都不算短的歲月，耗盡了多少愚者與智者的青春！
——易水《告別主義？——世紀之交的回首與沉思》

(36) 染指
（簡體：染指 rǎn zhǐ）

俗語／粵語：插手

釋義

比喻分取非分的利益，或參與份外的某種事情，含貶義。

近義詞及反義詞

近義詞	反義詞
介入	安份守己

常見錯誤

「染」最初是指給布帛等着色，它的右上角是「九」，注意不要在「九」字上加點寫成「丸」，也不要把「染」寫成「柒」。

例句

至於戲劇，我更是始終不敢染指。我所寫的大抵還是散文多。
　　　　　　　　　　　　——朱自清《〈背影〉‧序》

(37) 鎩羽而歸
（簡體：铩羽而归 shā yǔ ér guī）

俗語／粵語：失敗而回

釋義

鎩羽：翅膀被摧殘，羽毛被摧落。比喻失意、失敗或不得志而歸。

近義詞及反義詞

近義詞	反義詞
功敗垂成	大功告成、凱旋而歸

常見錯誤

「鎩」是古代的一種兵器，因此為金字旁。金屬兵器主要用於殺敵，這樣想就能很好地記住這個字。「鎩」是形聲字，讀音同右半邊的「殺」，不要誤讀誤作 shà，也不要誤讀誤寫為「剎（chà）」，「剎那」是佛教中表示時間概念的詞，表示一瞬間、一下子，說明時間短暫。

例句

他懷着幹一番事業的心態投身職場，結果卻鎩羽而歸。

(38) 審時度勢

（簡體：审时度势 shěn shí duó shì）

俗語 / 粵語：等待時機成熟

釋義

了解時勢的特點，估計情況的變化。

近義詞及反義詞

近義詞	反義詞
揆情度理、度德量力	不識時務、墨守成規

常見錯誤

「審時度勢」的「度」意思是估計、推測，這個義項的讀音是 duó，不讀 dù。

例句

他對中央文件又信又不信，再根據謠言、猜測、小道消息和自己的豐富想像，審時度勢，決定自己的工作態度。

——蔣子龍《喬廠長上任記》

(39) 運籌帷幄
（簡體：运筹帷幄 yùn chóu wéi wò）

俗語 / 粵語：諗橋、度橋

釋義
指在後方決定作戰策略，也泛指籌劃決策。

近義詞及反義詞

近義詞	反義詞
籌謀、策劃	／

常見錯誤
「帷幄」不能寫成「帷握」或「維幄」。

例句
他像運籌帷幄的將軍似的調兵遣將。

——張賢亮《綠化樹》

40 置若罔聞
（簡體：置若罔闻 zhì ruò wǎng wén）

俗語 / 粵語：閹佬懶理、當佢透明

釋義

若，像；罔，不；聞，聽。形容不過問、不關心。

近義詞及反義詞

近義詞	反義詞
置之度外、充耳不聞	聚精會神

常見錯誤

「罔」容易誤寫為「惘」。「罔」在此是沒有的意思。而「惘」是悵然失意的樣子。

例句

寧榮兩處上下內外人等，莫不歡天喜地，獨有寶玉置若罔聞。

——曹雪芹《紅樓夢》

㊶ 反饋

（簡體：反馈 fǎn kuì）

釋義

（資訊、反映等）返回。

近義詞及反義詞

近義詞	反義詞
回覆	／

常見錯誤

「反」和「饋」都容易寫錯。「反饋」雖然是返回的意思，但是「反饋」的「反」不帶走之旁；「饋」最初和贈送食物有關，因此左邊是食字旁。

例句

我們把這一消息反饋給北京，得到的回答更讓我們吃驚：原來穆罕默德的家人比較警惕，由於他們事先沒有得到穆罕默德的通知，弄不清楚我們的來路，為了安全便隨口編了謊話。

——李驥志、聶曉陽《一名巴格達小夥的未了心願》

㊷ 蠱惑

（簡體：蛊惑 gǔ huò）

俗語／粵語：妖言惑眾、攪鬼、出古惑

釋義

毒害使迷惑。「蠱」本義是人肚子裏的寄生蟲，後指傳說中的一種人工培養的毒蟲，專用來害人。「整蠱」漸漸脫離了毒藥、毒害的意思，是整人、搞惡作劇的意思。

近義詞及反義詞

近義詞	反義詞
迷惑、誘惑、引誘	／

常見錯誤

同音詞有「鼓惑」，為煽動迷惑之義，着重強調以某種思想、學說為工具煽動人心。同義成語有「譸張為幻」，二者都有「迷惑人」的意思，但「譸張為幻」強調用欺騙的手段來達到目的，「蠱惑」則指用製造輿論或謠言來達到目的。李時珍《本草綱目》中記載，把許多毒蟲放入一個器皿中，最後吃掉其他的蟲子唯一活下來的那個，就稱為「蠱」。因此這個字上面是「蟲」，下面是器皿的「皿」。

例句

何況褒姐之色善蠱惑，能喪人家覆人國。

——白居易《古塚狐詩》

43 考究

（簡體：考究 kǎo jiu）

俗語／粵語：講求、重視

釋義

查考，研究；或指精美；也有講求、重視的意思。

近義詞及反義詞

近義詞	反義詞
講究	粗糙、隨便

常見錯誤

「講究」和「考究」都可做形容詞，指精緻美好；也都可做動詞，表示注重某個方面。相對來說，「考究」比「講究」程度稍微深些，含有「對所注重的方面細加考察推敲，以求達到高水平」的意味。

例句

在他們的身邊，漂亮的救生圈、考究的游泳衣、精緻的像蘑菇樣的大洋傘和各種花花綠綠的酒瓶子堆了一大片。

——楊沫《青春之歌》

44 # 亦步亦趨
（簡體：亦步亦趋 yì bù yì qū）

俗語／粵語：跟風、抄襲

釋義

比喻自己沒有主張，或為了討好，每件事都順從別人，跟着別人走，追隨和模仿別人。「亦步亦趨」原指緊緊跟隨老師，向有本領的人多多學習，是一個褒義詞，後來逐漸演變成了一個貶義詞，指跟隨模仿別人，自己沒有創見。

近義詞及反義詞

近義詞	反義詞
馬首是瞻、極力模仿	別出心裁、獨具匠心

常見錯誤

「亦步亦趨」應用「趨」，從「走」，而不是「催」或「吹」。

例句

但能滑翔畢竟也是一種幸福，總比在爛泥裏跋涉強，比在平路上亦步亦趨強……只要你會滑翔，你就會覺得自己早晚是要飛起來的……會的。

—— 張抗抗《北極光》

(45) 引吭高歌

（簡體：引吭高歌 yǐn háng gāo gē）

俗語 / 粵語：唱歌

釋義

放開喉嚨高聲歌唱。

近義詞及反義詞

近義詞	反義詞
高聲歌唱	默不做聲、淺酌低吟

常見錯誤

「引吭高歌」的「吭」本來是指鳥的喉嚨，後來泛指喉嚨、嗓子，它的讀音是 háng，注意不要誤讀為 kàng 或 kēng。

例句

婦女們也發狂似的打着拍子，引吭高歌。

——聞一多《說舞》

(46) 琢磨

（簡體：琢磨 zhuó mó）

俗語 / 粵語：鑽研

釋義

指的是雕刻和打磨（玉石），後來又有了加工使之更精美的意思，多指文章等。「琢磨」還有另一個讀音是 zuó mo，讀此音時，這個詞的意思是思索、考慮。

近義詞及反義詞

近義詞	反義詞
砥礪、雕琢	/

常見錯誤

「琢」解作雕刻加工玉石的意思，所以「琢」是王（也就是玉）字旁。「磨」在古代指打磨石器，所以「磨」字裏有石字。

例句

書稿尚嫌粗糙，有待琢磨完善。

(47) 螳臂當車
（簡體：螳臂当车 táng bì dāng chē）

俗語 / 粵語：不自量力

釋義

螳螂舉起前腿想擋住車子前進。常用來比喻不估計自己的力量，就去做辦不到的事情，必然會導致失敗。

近義詞及反義詞

近義詞	反義詞
以卵擊石	泰山壓卵、量力而行

常見錯誤

「螳臂當車」的「當」意思是抵擋、阻擋。注意「臂」讀 bì，不要讀成 bèi。

例句

一個人與惡勢力對抗，無異是螳臂當車，說不定連命也會賠上。

(48) 信手拈來
（簡體：信手拈来 xìn shǒu niān lái）

俗語 / 粵語：隨手拎起、諗都唔駛諗

釋義

隨手拿來。多形容寫文章時詞彙或材料豐富，不加思索，就能寫出來。

近義詞及反義詞

近義詞	反義詞
唾手可得	大海撈針、來之不易

常見錯誤

「拈」讀作 niān，不讀 zhān。雖然「拈」的聲旁是「占」，但讀音與「占」有所不同，類似的漢字還有「粘」「黏」等。

例句

總理在答問中旁徵博引，信手拈來，可見他一定是博覽群書。這也體現了他的獨特風格。

49 振聾發聵

（簡體：振聋发聩 zhèn lóng fā kuì）

俗語 / 粵語：點醒大家、一言驚醒夢中人

釋義

發出很大的聲音，使（先天）耳聾的人都能聽見。比喻用語言文字喚醒糊塗麻木的人，使他們清醒過來。

近義詞及反義詞

近義詞	反義詞
振警愚頑	／

常見錯誤

「振」不要誤寫為「震」，這兩個字音相同義相近，都有搖動、抖動的意思，有時可通用。然而，「震」多用於自然發生、不可控的情況下，用法較「實」，如地震、震驚等；「振」則多用於人為的、可控的情況下，用法較「虛」，如振興、振作。在表示「奮起，興起」之義時，只能用「振」，與「發」表達的是同一個意思。

例句

然在革命初期總須得有一二壯烈的犧牲以振聾發聵，秋、徐二先烈在這一點上正充分完成了他們作為前驅者的任務。
——郭沫若《今昔集·「娜拉」的答案》

(50) 按圖索驥
（簡體：按图索骥 àn tú suǒ jì）

俗語 / 粵語：照辦煮碗

釋義

按照圖像尋找好馬。比喻按照線索尋找，也比喻辦事機械、死板。

近義詞及反義詞

近義詞	反義詞
刻舟求劍、膠柱鼓瑟	無迹可尋

常見錯誤

人們常常把「驥」字寫錯。「驥」從馬，冀聲。《說文解字》把「驥」解為「千里馬也」，所以「驥」以「馬」為部首。

例句

我們做事要機靈一些，不能按圖索驥，不考慮實際情況。

(51) 藏拙
（簡體：藏拙 cáng zhuō）

俗語 / 粵語：獻醜不如藏拙、不要獻醜

釋義

怕丟醜，不願讓別人知道自己的見解或技能。

近義詞及反義詞

近義詞	反義詞
掩飾	獻醜

常見錯誤

「藏拙」和「笨拙」的「拙」是同一個字，都有笨、不靈巧的意思。在讀這兩個詞的時候容易把「拙」讀成 zhuó。

例句

晁某是個不讀書史的人，甚是粗魯。今日事在藏拙，甘心與頭領帳下做一小卒，不棄幸甚。

——施耐庵《水滸傳》

52 殫精竭慮
（簡體：殚精竭虑 dān jīng jié lù）

俗語／粵語：落力

釋義

用盡精力，費盡心思。

近義詞及反義詞

近義詞	反義詞
處心積慮、挖空心思	掉以輕心

常見錯誤

「殫」不可寫作或讀作「禪」（chán）。

例句

周經理為開好這次會議而殫精竭慮。他夜以繼日地工作，屋內的燈光常常從天黑亮到天明。

53 動輒得咎

（簡體：动辄得咎 dòng zhé dé jiù）

俗語 / 粵語：進退兩難、郁下就犯錯

釋義

動不動就會受到責備或者處分。含有處境困難、常常遭到他人無理指責的意思。

近義詞及反義詞

近義詞	反義詞
跋前躓後	無往不利

常見錯誤

「動輒得咎」與「淺嘗輒止」中的「輒」都是「就」的意思，是個副詞，不能錯寫為「則」。「咎」字《說文解字》解為「災也」，本義是災禍。現在「咎」主要有兩個基本含義，在詞性上容易弄混：一是用作名詞，是罪過、災禍之意，比如「動輒得咎」「咎由自取」；二是用作動詞，是追究罪責之義，比如「既往不咎」。

例句

倒不是做父母的偏袒自己的兒子，在那無邊無沿的專政拳頭下邊，動輒得咎，做個人也實在太難了。

——李國文《冬天裏的春天》

54 茹毛飲血
（簡體：茹毛饮血 rú máo yǐn xuè）

俗語／粵語：野人、原始人生活

釋義

用來形容原始人不會用火，連毛帶血地生吃禽獸的生活。

近義詞及反義詞

近義詞	反義詞
生吞活剝、刀耕火種	／

常見錯誤

「茹」在古代為蔬菜的總稱，如《漢書・食貨志上》中的「還廬樹桑，菜茹有畦」，唐代顏師古對「茹」的注釋是「所食之菜也」。因此，「茹」是草字頭。注意「茹毛飲血」中「茹」字的寫法，不要寫成「如」，或「菇」。

例句

我們老早就脫離了茹毛飲血的階段而知道熟食，奈何隔了數千年仍不能忘情於吃生魚、生蝦、生蟹、生螺？

——梁實秋《雅舍小品》

(55) 觸類旁通
（簡體：触类旁通 chù lèi páng tōng）

俗語／粵語：一理通百理明

釋義

掌握了關於某一事物的知識，而推知同類中其他事物。

近義詞及反義詞

近義詞	反義詞
融會貫通、舉一反三	一竅不通

常見錯誤

「觸」字容易誤寫。「觸」的左邊是動物的角。「觸」的本義是用角撞物，後來引申為碰撞，用於「觸礁」「觸電」「觸犯」等。也引申為接觸，用於「觸景生情」「觸目驚心」。

例句

他聰明伶俐，往往老師一提出前提，就能舉一反三，觸類旁通。

⑤⑥ 東施效顰

（簡體：东施效颦 dōng shī xiào pín）

俗語／粵語：照辦煮碗、盲目跟風

釋義

東施模仿西施皺眉頭。比喻不考慮實際情況，盲目模仿，不但相差甚遠，反而出了醜。有時也作自謙之詞，表示自己根底差，學別人的長處沒有學到家。

近義詞及反義詞

近義詞	反義詞
邯鄲學步、生搬硬套	擇善而從

常見錯誤

「顰」通「矉」，是皺眉頭的意思，組詞「一顰一笑」「東施效顰」等。不能錯寫成「頻繁」的「頻」。

例句

「難道這也是個癡丫頭，又像顰兒來葬花不成？」因又自歎道：「若真也葬花，可謂東施效顰了；不但不為新奇，而且更是可厭。」

——曹雪芹《紅樓夢》

(57) 厲兵秣馬
（簡體：厉兵秣马 lì bīng mò mǎ）

俗語／粵語：嚴陣以待

釋義

厲：古同「礪」，本義是磨刀石，在該成語中的意思是「磨」；兵：兵器；秣：餵牲口。意思是磨好兵器，餵好馬，形容準備戰鬥，也比喻事前做好準備工作。

近義詞及反義詞

近義詞	反義詞
枕戈待旦	解甲歸田

常見錯誤

「厲兵秣馬」也作「秣馬厲兵」。注意：其中的「厲」字不可寫作「礪」。

例句

孫權克仗先烈，雄據江東，舉賢任能，厲兵秣馬，以伺中國之變。

——陳亮《酌古論·呂蒙》

58 **毛遂自薦**
（簡體：毛遂自荐 máo suì zì jiàn）

俗語 / 粵語：自動請纓

釋義

比喻自告奮勇，自己推薦自己擔任某項工作。

近義詞及反義詞

近義詞	反義詞
自告奮勇	遁世逃名

常見錯誤

「毛遂自薦」的「遂」讀 4 聲 suì，不要誤讀為 2 聲 suí。除了「半身不遂」裏的「遂」讀 2 聲 suí 外，「遂」在其他情況下都讀 4 聲 suì。

例句

這押送的差使大概只好我來毛遂自薦了。

——茅盾《劫後拾遺》

59 請纓
（簡體：请缨 qǐng yīng）

俗語 / 粵語：自薦

釋義

自己請求前去殺敵報國，比喻主動請求擔當重任。

近義詞及反義詞

近義詞	反義詞
毛遂自薦	遁世逃名

常見錯誤

「纓」字常被寫錯。「纓」指繫帽的帶子。《說文解字》中解釋為「纓，冠繫也」，本義指的是繫在脖子上的帽帶，後指帶子、繩子等，這類物件在我國古代多為蠶絲編織而成，因此多用絞絲旁。

例句

就在疫情愈演愈烈的時候，鍾南山主動請纓，提出了一個讓人吃驚的大膽要求。

60 完璧歸趙
（簡體：完璧归赵 wán bì guī zhào）

俗語／粵語：物歸原主

釋義

比喻將原物完好無損地歸還原主。

近義詞及反義詞

近義詞	反義詞
物歸原主	久假不歸

常見錯誤

「璧」字容易錯寫為「壁」。「璧」在此指的是和氏璧，和氏璧是中國歷史上著名的美玉，因此為玉字底。「壁」從土，辟聲，本義是牆，如「牆壁」「壁畫」。

例句

請放心，不要多久，這兩件東西定會完璧歸趙。此事放在弟身上好啦。

——姚雪垠《李自成》

⑥ 文過飾非
（簡體：文过饰非 wén guò shì fēi）

俗語 / 粵語：賴、賴地硬、賴貓

釋義

用各種理由或藉口掩飾過失、錯誤。

近義詞及反義詞

近義詞	反義詞
掩罪藏惡	洗心革面

常見錯誤

「文過飾非」的「文」和「飾」的意思一樣，都是掩飾的意思。注意不要把「文」誤寫成「聞」，不要把「飾」誤寫為「是」。

例句

方鴻漸回家路上，早有了給蘇小姐那封信的腹稿，他覺得用文言比較妥當，詞意簡約含混，是文過飾非輕描淡寫的好工具。

——錢鍾書《圍城》

(62) 以儆效尤
（簡體：以儆效尤 yǐ jǐng xiào yóu）

俗語／粵語：殺一儆百

釋義

用對一個壞人或一件壞事的嚴肅處理來警告那些想學着做壞事的人。「尤」在這裏是過失、錯誤的意思。

近義詞及反義詞

近義詞	反義詞
殺雞儆猴、引以為鑑	如法炮製

常見錯誤

「儆」字可能與讀音和意義相似的「警」字混淆。「儆」與「警」在古漢語中通用，但在這個成語中，必須用「儆」。另外，請注意「尤」不要誤寫為「優」「由」。

例句

我以為各人均應先打屁股百下，以儆效尤，餘事可一概不提。
——魯迅《准風月談·文牀秋夢》

(63) 越俎代庖

（簡體：越俎代庖 yuè zǔ dài páo）

俗語／粵語：名不正言不順、多管閒事

釋義

比喻超出自己業務範圍去處理別人的事，也比喻包辦代替。

近義詞及反義詞

近義詞	反義詞
包辦代替	安份守己、自力更生

常見錯誤

「庖」的部首「广（guǎng）」為房屋之意，《說文解字》釋「庖」為「廚也」，「庖」本義指廚房。注意，「庖」不要誤讀為 bāo，或誤寫作「疱」。「疱」的部首為「疒」，和疾病相關。

例句

孩子能做的事，父母不要越俎代庖。

(64) 顫顫巍巍
（簡體：颤颤巍巍 chàn chàn wēi wēi）

俗語／粵語：搖晃、左搖右擺

釋義

狀態詞。抖動搖晃的樣子，多用來形容老年人或病人的某些動作。

近義詞及反義詞

近義詞	反義詞
晃晃悠悠	穩穩當當

常見錯誤

「巍」不可寫作「危」。「巍巍」無實義，不含有危險的意思。「顫」是破音字，一般在「顫慄」中讀作 zhàn，應注意不要誤讀。

例句

她急忙將活套從脖子上取下來，顫顫巍巍地順着聲音尋去。

——劉醒龍《十八婶》

65 暴殄天物
（簡體：暴殄天物 bào tiǎn tiān wù）

俗語／粵語：糟蹋、浪費

釋義

任意糟蹋東西，不知愛惜。

近義詞及反義詞

近義詞	反義詞
揮霍無度、揮金如土	廢物利用、克勤克儉

常見錯誤

「殄」不能念成 zhēn，不能誤寫為「珍」。「珍」從玉，與珍寶有關。而「殄」從歹，《說文解字》對它的解釋是「殄，盡也」，就是斷絕、竭盡的意思。

例句

我甚至覺得有點暴殄天物，我的肚皮，是隨便甚麼都可以填滿的，何必要吃這麼貴重的食品呢？

(66) 得魚忘筌
（簡體：得鱼忘筌 dé yú wàng quán）

俗語／粵語：過橋抽板、忘恩負義、食碗面反碗底

釋義

貶義詞。筌是用來捕魚的工具，捕到了魚，就把筌忘記了，形容取得了成功就對賴以成功的東西棄之不顧的行為。

近義詞及反義詞

近義詞	反義詞
兔死狗烹、過河拆橋	飲水思源

常見錯誤

筌是一種用竹篾條編織的簍子，口部有向內翻的竹片，魚進入後便無法逃脫，又叫「魚笱（gǒu）」。因其為竹製品，故以竹字頭為偏旁。注意「筌」不要誤寫為「荃」或「笙」，更不要誤讀為「shēng」。「笙」從竹，生聲，其實是一種樂器。而「荃」從草，是一種香草的名字。

例句

世間竟有這樣得魚忘筌、人面獸心之人，實實可惡！
——石玉昆《三俠五義》

(67) 踽踽獨行
（簡體：踽踽独行 jǔ jǔ dú xíng）

俗語／粵語：形單影隻

釋義

形容一個人孤零零地獨自行走。

近義詞及反義詞

近義詞	反義詞
形影相弔、舉目無親	成群結隊

常見錯誤

「踽」有一個人孤單行走的意思，所以有足字旁，不能誤寫作「禹」。

例句

於是，拖着疲憊的身體，尤其是被亂七八糟的思緒折磨得疲憊不堪的心靈，他往往處踽踽獨行。

——劉心武《棲鳳樓》

(68) 信誓旦旦

（簡體：信誓旦旦 xìn shì dàn dàn）

俗語／粵語：對天發誓、山盟海誓、口口聲聲

釋義

信誓：誠懇的承諾。表明誓言誠懇可信。

近義詞及反義詞

近義詞	反義詞
海枯石爛、指天誓日	言而無信、食言而肥

常見錯誤

「誓」字經常被寫錯，「誓」由「折」和「言」組成，《說文解字》將其解釋為「以言約束也」，因此是言字底。

例句

對於那些經常信誓旦旦、發誓許願的人，反而應該提高警惕。

(69) 櫛風沐雨
（簡體：栉风沐雨 zhì fēng mù yǔ）

俗語／粵語：日夜奔波、夜以繼日、做到隻積嘅

釋義

櫛：梳頭髮；沐：洗頭髮。風來梳頭，雨來洗髮，形容人經常在外面不顧風雨地辛苦奔波。

近義詞及反義詞

近義詞	反義詞
餐風露宿、披星戴月	坐享其成

常見錯誤

「櫛」讀作 zhì，不要讀作 jié。

例句

父親當推銷員，長年累月、櫛風沐雨地在外奔波、忙碌。

(70) 恣意妄為

（簡體：恣意妄为 zì yì wàng wèi）

俗語 / 粵語：為所欲為、無法無天

釋義

任意地胡作非為。

近義詞及反義詞

近義詞	反義詞
肆無忌憚	謹言慎行、循規蹈矩

常見錯誤

人們常把「恣意妄為」中的「恣」字寫錯或讀錯，「恣」的含義是「放縱」，與內心相關，因此是心字底。而且恣的讀音是 4 聲，而不是 1 聲。

例句

吳主皓自改元建衡，至鳳凰元年，恣意妄為，窮兵屯戍，上下無不嗟怨。

——羅貫中《三國演義》

⑦ 遍體鱗傷
（簡體：遍体鳞伤 biàn tǐ lín shāng）

俗語／粵語：傷痕累累

釋義

指滿身都是傷痕，形容傷勢很重。

近義詞及反義詞

近義詞	反義詞
體無完膚、皮開肉綻	完好無損

常見錯誤

「鱗」字為易錯字。「鱗」，從魚，粦聲。「遍體鱗傷」是形容被打後，全身的傷痕如緊緊排列的魚鱗一般多，不能錯寫為「麟」或者「潾」。

例句

士兵們經過了一陣廝殺後，很多已被打得遍體鱗傷。

(72) 酩酊大醉
（簡體：酩酊大醉 mǐng dǐng dà zuì）

俗語 / 粵語：醉貓、貓咗

釋義

酩酊：沉醉的樣子，醉得迷迷糊糊的樣子。形容喝酒喝得大醉。

近義詞及反義詞

近義詞	反義詞
爛醉如泥、酩酊爛醉	神智清醒

常見錯誤

西字旁的字大多和酒有關。「酩」，從酉，名聲。《說文解字》將其解釋為「醉也」。「酩酊」是喝酒大醉的意思，注意書寫時都要有酉字旁。同時酩酊的讀音都是 3 聲，不要誤讀為 míng dīng。

例句

王忠一高興，開懷暢飲，喝得酩酊大醉。

——楊沫《青春之歌》

(73) 煞有介事
（簡體：煞有介事 shà yǒu jiè shì）

俗語／粵語：講到似層層、裝模作樣

釋義

好像真有這回事似的。多指大模大樣，好像有甚麼了不起。

近義詞及反義詞

近義詞	反義詞
矯揉造作	若無其事

常見錯誤

「煞」是破音字，此處讀 4 聲。「煞」讀 1 聲時有以下幾個字義：一是同「殺」。二是「停止、結束」的意思，如「煞住（止住，收住）」「煞場（科舉考試結束，一齣戲結束）」。三是「勒緊、扣緊」的意思，如「煞車（同剎車）」「煞一煞腰帶」。而「煞」讀 4 聲時，是很、極的意思。

例句

他煞有介事的描述半夜撞鬼的情形，使大家聽了毛骨聳然。

⑦⑷ 潸然淚下
（簡體：潸然泪下 shān rán lèi xià）

俗語 / 粵語：流馬尿、喊

釋義

潸然：流淚的樣子。形容因有所觸動而流下眼淚。

近義詞及反義詞

近義詞	反義詞
熱淚盈眶、淚如雨下	捧腹大笑、眉開眼笑

常見錯誤

「潸」字形與「潛」相近，不可混用。《說文解字》將「潛」說解為「涉水也」，本義是沒入水中，而且在水下活動。用於「潛水」「潛龍」等。「潛」也引申用作潛居草野，因為隱居於鄉野之間就像故意潛行於水下一樣。

例句

林沖見說了，潸然淚下，自此杜絕了心中掛念。

——施耐庵《水滸全傳》

(75) 神采奕奕
(簡體：神采奕奕 shén cǎi yì yì)

俗語 / 粵語：醒神

釋義

奕奕，精神煥發的樣子。形容精神飽滿，容光煥發。

近義詞及反義詞

近義詞	反義詞
神采飛揚、精神煥發	沒精打采、萎靡不振

常見錯誤

「采」和「彩」都和顏色有關，但「采」多指精神方面，而「彩」則多跟顏色、花樣有關。「神采」與人的精神有關，故一般用「采」。

例句

她神采奕奕，煥發着一種似乎永遠不會被生活的礪石所磨滅的熱情、爽朗和樂觀精神。

——梁曉聲《京華聞見錄》

76 正襟危坐
（簡體：正襟危坐 zhèng jīn wēi zuò）

俗語／粵語：嚴肅

釋義

理好衣襟端端正正地坐着。形容嚴肅或拘謹的樣子。

近義詞及反義詞

近義詞	反義詞
態度嚴肅	搖頭擺腦

常見錯誤

「正襟危坐」中的「襟」和「危」都是容易寫錯的字。「襟」字是「衣服的胸前部分」，人們常說「衣襟」「胸襟」，因此是衣字旁。「危」容易誤寫為「威嚴」的「威」。人們熟悉的「危」是危險之義，其實，「危」還有端正的意思。《廣雅·釋詁一》：「危，正也。」「危坐」就是端正地坐。

例句

平時憎惡我的卻總希望我做一個完人，即使敵手用了卑劣的流言和陰謀，也應該正襟危坐，毫無憤怨。

——魯迅《華蓋集·「碰壁」之餘》

（77）惴惴不安

（簡體：惴惴不安 zhuì zhuì bù ān）

俗語／粵語：失魂落魄、食唔安坐唔落

釋義

惴：憂愁、恐懼。形容因害怕或擔憂而心神不定的樣子。

近義詞及反義詞

近義詞	反義詞
忐忑不安、七上八下	悠然自得

常見錯誤

「惴」字很容易寫錯。這個字代表的是憂愁、恐懼，所傳達的是一種心情、心理狀態，故從豎心旁。形近字有「揣測」的「揣」（chuǎi），「揣測」也是心理活動，為何從提手旁而非豎心旁呢？《說文解字》中解釋說「揣」為「量也」，即「揣」的本義為測量、量度，最初指的是用手做出的度量動作，以後漸漸引申為推測、猜想這類心理活動。

例句

舊曆端陽節終於在惴惴不安中過去了。

——茅盾《子夜》

(78) 蓬頭垢面
（簡體：蓬头垢面 péng tóu gòu miàn）

俗語 / 粵語：不修邊幅、污糟邋遢

釋義

形容頭髮很亂，臉上很髒的樣子。

近義詞及反義詞

近義詞	反義詞
蓬頭跣足、不修邊幅	衣冠楚楚

常見錯誤

「蓬頭垢面」的「蓬」是一種草的名稱，所以上面是草字頭，引申為像蓬草一樣亂，不要寫成竹字頭。「垢」讀作 gòu，不是 hòu。

例句

窮人的孩子蓬頭垢面地在街上轉，闊人的孩子嬌形嬌勢嬌聲嬌氣地在家裏轉。

——魯迅《熱風·隨感錄二十五》

㊆⑨ 抽抽噎噎
（簡體：抽抽噎噎 chōu chōu yē yē）

俗語 / 粵語：抽泣

釋義

即抽搭，一吸一頓地哭泣。

近義詞及反義詞

近義詞	反義詞
抽抽搭搭	開懷大笑

常見錯誤

「抽噎」與「抽咽」都是抽搭的意思，但「抽噎」可以擴展為「抽抽噎噎」，而「抽咽」則不能拓展為「抽抽咽咽」。「噎」讀1聲，而「咽」讀4聲。

例句

有一次我到七叔的房裏去找母親，就聽見七叔抽抽噎噎地對母親說：『大嫂，您別管這種事，反正我的誓言是不能背叛的。』
　　　　　　　　　　　　　　　　　　　——林希《小的兒》

80 莞爾一笑
（簡體：莞尔一笑 wǎn ěr yí xiào）

俗語／粵語：微笑

釋義

微笑的樣子。

近義詞及反義詞

近義詞	反義詞
嫣然一笑	捧腹大笑

常見錯誤

「莞」切勿想當然寫作「婉」，以為是温婉地一笑。「莞」本義為一種水草，讀作 guān，後引申為微笑，讀作 wǎn。

例句

女孩跑了過來，很靦腆地叫我阿姨。接着回過頭，詭祕地眨着眼睛，莞爾一笑。

(81) 汗水涔涔
（簡體：汗水涔涔 hàn shuǐ cén cén）

俗語／粵語：大汗搭細汗

釋義

形容汗水一直往下流的樣子。「涔涔」一詞既可以用來形容雨水、汗水、淚水等流個不斷，只要是液體不停地冒出、滲出、滴落，無論是淚水、汗水、血水，都可以用「涔涔」來形容。「涔涔」也可用來形容天色陰暗等。

近義詞及反義詞

近義詞	反義詞
汗流浹背、揮汗如雨	／

常見錯誤

《說文解字》將「涔」解為「漬也」，本義是澇，久雨而漬，因此部首是三點水。注意，「涔」很容易誤讀為 céng 或 qín 等，或者誤寫為「岑」。「岑」，《說文解字》解為「山小而高也」，本義是又小又高的山，因此是山字頭。

例句

上場三十分鐘後，這位球員已經汗水涔涔，渾身濕透。

82 溘然長逝

（簡體：溘然长逝 kè rán cháng shì）

俗語／粵語：病逝、猝死

釋義

指忽然死去，多指病故。

近義詞及反義詞

近義詞	反義詞
撒手塵寰、一瞑不視	／

常見錯誤

「溘然長逝」容易被誤寫為「闔然長逝」。「闔」從門，盍聲。本義是門扇，引申出關閉、閉合的意思。用作形容詞時，也指全、總，比如「闔家歡樂」。而「溘然」是忽然的意思。

例句

他昨夜溘然長逝，留下一幅未完的畫作。

83 時乖命蹇

（簡體：时乖命蹇 shí guāi mìng jiǎn）

俗語／粵語：黑仔、當黑

釋義

時運不順，命運不佳，形容一個人處境艱難。也作時乖運蹇。

近義詞及反義詞

近義詞	反義詞
生不逢時、命途多舛	萬事亨通

常見錯誤

這個成語中的「蹇」字較為生僻，字形和讀音都不容易掌握，尤其是讀音，容易誤讀作 cù。字形上，要記住下面是一個足字，因為「蹇」本義指跛腳，與腳有關。

例句

人人只知道時乖命蹇，哪知生活的帳子裏有巨大的毒蟲，以至於蚊蚋，爭相吸取他們的精血呢。

——瞿秋白《餓鄉紀程》

殞命
（簡體：殒命 yǔn mìng）

俗語／粵語：歸西、瓜老襯、賣鹹鴨蛋

釋義

喪命。

近義詞及反義詞

近義詞	反義詞
死亡、喪生	生存

常見錯誤

「殞」不可讀作 sǔn，不可寫成「隕」。殞與死亡有關，因此是歹字旁。隕，《說文解字》解為「隕，從高下也」，本義是從高處掉下，墜落，與死亡無關。

例句

她丈夫本是平通鏢局的鏢頭，在飲馬川眾寨主劫鏢時刀傷殞命。

——金庸《雪山飛狐》

85 自刎

（簡體：自刎 zì wěn）

俗語 / 粵語：抹脖子、割喉

釋義

割頸部自殺，俗稱抹脖子。

近義詞及反義詞

近義詞	反義詞
割喉	/

常見錯誤

《說文解字》釋「刎」為「剄也」，「剄」意為砍頭、割頸。因此，「刎」字從刀。「自刎」並不是泛指任何形式的自殺，而是專指以割頸部的方式進行的自殺。

例句

飛將軍李廣懷才不遇，最終飲恨自刎，給歷史留下了無盡的遺憾。

86 羸弱
（簡體：羸弱 léi ruò）

俗語 / 粵語：孱弱、虧

釋義

瘦弱或身體瘦弱的人，也喻指貧弱無依的百姓。

近義詞及反義詞

近義詞	反義詞
孱弱、瘦弱	健碩、強壯

常見錯誤

「羸」的本義是瘦弱的羊，因此字中含「羊」。不能錯寫為「贏」「嬴」。

例句

他長得羸弱細小，冬天時經常生病。

(87) 蓬頭跣足

（簡體：蓬头跣足 péng tóu xiǎn zú）

俗語 / 粵語：衣冠不整、衣衫不整

釋義

頭髮蓬散，打着赤腳，形容人衣冠不整。

近義詞及反義詞

近義詞	反義詞
衣冠不整、披頭散髮	衣冠甚偉

常見錯誤

「跣」字在現代漢語中很少用到，字形有些陌生。這個字從足，先聲，是赤腳的意思，所以是足字旁，讀作 xiǎn。「蓬」用來形容頭髮像蓬草一樣，所以為草字頭。注意：「蓬」容易被錯寫為「篷」。「篷」從竹，本義是用以遮蔽風雨和陽光的東西，因為經常用竹篾編成，所以是竹字頭。

例句

那位老媽媽聽說了兒子在戰場上死去的消息，就一直蓬頭跣足地在村裏跑來跑去，十分可憐。

(88) 器宇軒昂

（簡體：器宇轩昂 qì yǔ xuān áng）

俗語 / 粵語：醒神、高大威猛

釋義

形容人精力充沛，風度不凡。「器」，《說文解字》將其解釋為「皿也」，是器具的意思。後來「器」字引申出氣度、度量的意思和才能之義，例如「大器晚成」。

近義詞及反義詞

近義詞	反義詞
高視闊步、精神抖擻	萎靡不振

常見錯誤

「軒」字從車，本義是古代前高後低的車子。古代前低後高的車子叫「輊（zhì）」。古人用「軒輊」來比喻高低優劣。「軒」引申出高大之義，「軒昂」就是高大挺拔的意思，高大挺拔自然就氣度不凡。

例句

他身材魁偉，器宇軒昂，在學校裏是眾人的焦點。

89 怨天尤人

（簡體：怨天尤人 yuàn tiān yóu rén）

俗語／粵語：姓賴

釋義

遇到挫折或問題時，抱怨天，埋怨別人。形容對不如意的事情一味歸咎於客觀原因。

近義詞及反義詞

近義詞	反義詞
怨天恨地	反求諸己

常見錯誤

「尤」字很簡單，不要誤寫成「猶」。「猶」是反犬旁，它的本義和動物相關，是一種猿類動物。而在「怨天尤人」這個詞中，「尤」和「怨」的意義相近，有怨恨、歸咎的意思。

例句

成天泡在個人情緒裏邊，唉聲歎氣，怨天尤人。

——柳青《創業史》

(90) 跋扈
（簡體：跋扈 bá hù）

俗語 / 粵語：專橫、老虎蟹

釋義

專橫暴戾，欺上壓下。

近義詞及反義詞

近義詞	反義詞
驕橫、囂張、專橫	恭順

常見錯誤

「跋」是形聲字，足字旁表示意義類屬，右邊的「犮」表示聲（在古音中讀 bó），需要注意右邊不要寫成「发」。「扈」也是形聲字，「戶」是聲旁，因此不可讀作 yì。

例句

如果像東漢末年的董卓那樣，橫行霸道，專橫跋扈，雄而不奸，使用的是暴力手段，那只能叫梟雄。

——易中天《奸雄之謎》

(91) 不屈不撓

（簡體：不屈不挠 bù qū bù náo）

俗語／粵語：堅持到底

釋義

形容在困難或惡勢力面前不屈服，不退縮。「不屈不撓」指在困難或巨大壓力下堅強不屈，形容人的意志非常頑強，也作「不撓不屈」。

近義詞及反義詞

近義詞	反義詞
百折不撓、寧死不屈	卑躬屈膝

常見錯誤

《說文解字》把「撓」說解為「擾也」，也就是擾亂的意思。東漢班固在《漢書・晁錯傳》中寫道：「匈奴之眾易撓亂也。」其中「撓」就是擾的意思。「撓」的讀音是 náo，注意不要讀成 ráo。

例句

他們不屈不撓地反對外來壓迫者，從來沒有放棄過。

(92) 和藹

（簡體：和蔼 hé ǎi）

俗語／粵語：平易近人

釋義

態度溫和，容易接近。

近義詞及反義詞

近義詞	反義詞
平和、和善	蠻橫、粗暴、嚴厲

常見錯誤

「藹」字本來有草木生長繁茂之義，因此是草字頭。「藹」和「靄」容易混淆。這兩個字都是形聲字，當表示繁盛、和氣的意思時，應該用「藹」；當表示雲氣（和雨有關）的時候，應該用「靄」，如「煙靄」「暮靄」。

例句

但不知怎的總覺得他其實是和藹近人，並不如先前自己所揣想那樣的可怕。

——魯迅《彷徨・離婚》

93 開誠佈公
（簡體：开诚布公 kāi chéng bù gōng）

俗語／粵語：坦白無私

釋義

形容誠意待人，坦白無私。

近義詞及反義詞

近義詞	反義詞
待人以誠、開誠相見	勾心鬥角、爾虞我詐

常見錯誤

「開誠佈公」和「推心置腹」都有「誠懇待人」的意思。但「開誠佈公」偏重通過坦白無私來展示內心的真誠。「推心置腹」則指將自己的赤誠的心放入別人的腹中，比喻真誠待人，多指心靈深處的誠摯，也用來形容情誼很深。二者有時也會連用，起到加強語意的效果。

例句

他和楊那時恰巧由同一所美國大學接待，相處了一個多月，有過幾次開誠佈公的長談。

——劉心武《樓鳳樓》

(94) 謙遜
（簡體：谦逊 qiān xùn）

俗語／粵語：謙虛

釋義

謙虛恭謹。

近義詞及反義詞

近義詞	反義詞
謙虛、謙讓、虛心	蠻橫、誇耀、驕橫

常見錯誤

人們常把「謙遜」的「遜」字錯讀為 sūn。

例句

按道理說，他比瑞宣長一輩，可是他向來謙遜，所以客氣地叫瑞宣兄。

——老舍《四世同堂》

(95) 鍥而不捨
（簡體：锲而不舍 qiè ér bù shě）

俗語／粵語：堅持到底、有毅力

釋義

雕刻一件東西，一直刻下去不放手。形容有恆心，有毅力。

近義詞及反義詞

近義詞	反義詞
堅持不懈、持之以恆	半途而廢、一曝十寒

常見錯誤

人們常把「鍥而不捨」的「鍥」字寫錯，「鍥」是形聲字，本義是鐮刀，鐮刀是金屬製成的，所以「鍥」是金字旁。只要理解了「鍥而不捨」中，「鍥」是雕刻金石的意思，也就不難記住它是金字旁。另外，「鍥」字讀 qiè，不讀 qì。

例句

要治這麻木狀態的國度，只有一法，就是韌，也就是鍥而不捨。
　　　　　　　　　　　　——魯迅《兩地書·致許廣平十二》

96 唯唯諾諾
（簡體：唯唯诺诺 wéi wéi nuò nuò）

俗語／粵語：無主見

釋義

形容一味順從別人的意見。

近義詞及反義詞

近義詞	反義詞
俯首貼耳、唯命是從	不卑不亢、強頭倔腦

常見錯誤

如果不了解意思，可能會把「唯」字寫成「維」或「惟」。「唯」表示的是答應的聲音，所以是口字旁。在現代漢語中，「唯」和「惟」作「單單」「只」「只是」講的時候，是相通的，如「唯一（惟一）」「唯獨（惟獨）」「唯恐（惟恐）」「唯利是圖（惟利是圖）」等。但「唯唯諾諾」「唯物主義」只能用「唯」，而「惟妙惟肖」只能用「惟」。

例句

低眉順眼，唯唯諾諾，才算一個好孩子，名之曰有趣。
——魯迅《且介亭雜文・從孩子的照相說起》

(97) 娓娓動聽
（簡體：娓娓动听 wěi wěi dòng tīng）

俗語／粵語：聽出耳油

釋義

「娓娓」指的是說話連續不倦的樣子。「娓娓動聽」形容善於講話，使人愛聽。

近義詞及反義詞

近義詞	反義詞
繪聲繪色、娓娓而談	枯燥無味、不堪入耳

常見錯誤

《說文解字》對「娓」的解釋是「順也」。注意「娓娓」的「娓」是女字旁，不要誤寫成「尾」。

例句

她講得娓娓動聽，妹仔聽着忽而笑容滿面，忽而愁眉雙鎖。
——鄒韜奮《「經歷」附錄·我的母親》

98 驍勇善戰

（簡體：骁勇善战 xiāo yǒng shàn zhàn）

俗語／粵語：勇猛、好打得

釋義

勇猛而擅長作戰。

近義詞及反義詞

近義詞	反義詞
有勇有謀、大智大勇	貪生怕死、膽小怕事

常見錯誤

以「堯」做聲旁的漢字有的讀 rao，如「纏繞」的「繞」、「富饒」的「饒」、「妖嬈」的「嬈」等；有的讀 xiao，如「破曉」的「曉」、「驍勇」的「驍」等。

例句

這個從一個偏鄉僻壤裏走出來的漢子，這個在戰場上驍勇善戰的鬥士，這個無師自通從戰爭中學習戰爭成長起來的高級將領，已經走向了他人生最為輝煌的峰巔。

——徐貴祥《歷史的天空》

99 海涵
（簡體：海涵 hǎi hán）

俗語／粵語：大人有大量

釋義

（敬辭）比喻要像大海那樣包容、原諒犯錯的一方，現為人們賠禮道歉時的常用語。「涵」，《說文解字》解為「水澤多也」。本義就是水澤眾多。引申為沉沒、浸在水中，進一步引申為包容、覆蓋之義，如「包涵」「涵蓋」等。

近義詞及反義詞

近義詞	反義詞
包涵、包容、寬恕、原諒	／

常見錯誤

寫「海涵」時，不要漏掉「涵」字的「氵」，因「涵」指如大海般包容萬物，因此部首是三點水。

例句

第一次做這種事情，不完美之處還望海涵。

(100) 杞人憂天
（簡體：杞人忧天 qǐ rén yōu tiān）

俗語 / 粵語：自找煩惱

釋義

貶義詞。傳說杞國有個人怕天塌下來，吃飯睡覺都感到不安。比喻不必要的憂慮。也說杞人之憂。《說文解字》把「杞」說解為「杞也。從木，己聲」。這是在說「杞」最初的含義是指「枸杞」，是一種植物，讀音則跟「己」相關。

近義詞及反義詞

近義詞	反義詞
庸人自擾	無憂無慮

常見錯誤

人們容易把「杞人憂天」中的「杞」字寫錯。「杞」是周朝國名，在今河南杞縣一帶。這個「杞」和「枸杞」的「杞」是同一個字，右邊是「自己」的「己」，而不是「已」。

例句

縱令消息未必真，杞人憂天獨苦辛。

——邵長蘅《守城行紀時事也》

（101） 錙銖必較
（簡體：锱铢必较 zī zhū bì jiào）

俗語／粵語：斤斤計較

釋義

形容對很少的錢或很小的事都很計較，非常吝嗇，氣量狹小。也可以做褒義詞，形容人做事一絲不苟。「錙」「銖」都是古代很小的計量單位，錙是一兩的四分之一，銖是一兩的二十四分之一。指微小的數量，或者指微利。現在更多的時候還是用於貶義。

近義詞及反義詞

近義詞	反義詞
斤斤計較	不拘小節、慷慨解囊

常見錯誤

「銖」不能寫成「珍珠」的「珠」。「較」是計較的意思，不能寫成「錙銖必究」。

例句

然而這裏對於教員的薪水，有時是錙銖必較的。
—— 魯迅《華蓋集續編·廈門通信》

(102) 自怨自艾
（簡體：自怨自艾 zì yuan zì yì）

俗語／粵語：後悔

釋義

原義是悔恨自己的錯誤，並自己加以改正。「艾」由本義引申為割草的意思，割草的目的是要治理、改正，所以「自怨自艾」原來是指先悔恨，再改正。但是現在「自怨自艾」只剩悔恨，沒有改正了。

近義詞及反義詞

近義詞	反義詞
引咎自責	洋洋自得、怨天尤人

常見錯誤

「艾」讀作 ài 時，一是指一種多年生草本植物，老葉製成絨，供針灸用，常見詞如「艾蒿」；二是指老年人之義，如「耆（qí）艾」；三是止、絕之義，如「方興未艾」。讀作 yì 時，就只有用以表示治理、改正之義，所以此詞中應讀 yì。

例句

她害着很重的沙眼，乍一見亮光，急忙把手搭上眼眉，又紅又爛的眼睛眯成細縫，又自怨自艾起來。

——楊朔《大旗》

(103) 窮兵黷武
（簡體：穷兵黩武 qióng bīng dú wǔ）

俗語／粵語：好戰

釋義

濫用武力，肆意發動戰爭。窮兵，用盡全部兵力。「黷」從黑，賣聲。《說文解字》解釋為「握持垢也」，本義是污濁之意。作為動詞時，有濫用的意思。「黷武」便指輕率地濫用武力。

近義詞及反義詞

近義詞	反義詞
興師動眾	偃武修文、解甲歸田

常見錯誤

人們很容易把「黷」錯寫為「贖買」的「贖」。「贖」本義是用財物換回人或者抵押品。人類早期曾用貝殼作為貨幣，所以與貨幣有關的字多用貝字旁。

例句

曹操並不是一個窮兵黷武的好戰分子。

(104) 趨炎附勢

（簡體：趋炎附势 qū yán fù shì）

俗語／粵語：勢利、攀附權貴

釋義

奉承依附有權有勢的人。

近義詞及反義詞

近義詞	反義詞
攀龍附鳳、阿諛奉承	淡泊名利

常見錯誤

人們常把「趨炎附勢」的「炎」字寫錯，「炎」和火相關，形容火很大；也引申為興盛，也指威勢顯赫。「附勢」是依附、依附權勢，因此應該用「依附」的「附」，而不是「付」。

例句

你也讀過詩書，為何不自愛惜，去趨炎附勢，做了那魏忠賢的乾兒義子？

——歐陽予倩《桃花扇》

(105) 草菅人命
（簡體：草菅人命 cǎo jiān rén mìng）

俗語／粵語：濫殺無辜、冷血、無血性

釋義

拿人不當人，把人的生命看得和野草一樣卑賤，任意殘殺。人們很容易將「草菅人命」理解為草率地殺人，其實該詞是「視人命如草菅」之義，就是說殺人就像割草一樣。

近義詞及反義詞

近義詞	反義詞
視如草芥、殺人如麻	人命關天

常見錯誤

人們很容易把「菅」誤寫成「管」。「菅」其實是一種多年生草本植物，多生於山坡草地，以前可以用來做草鞋、搭茅草屋等，所以這個字有草字頭。而「管」最早指的是一種類似笛子的管樂器，從竹，所以有「絲竹管弦之樂」的說法。

例句

甚麼外戚，甚麼宦官，還有既非外戚又非宦官的豪強大戶，他們就只曉得爭權奪利，草菅人命。

——郭沫若《蔡文姬》

(106) 簞食瓢飲
（簡體：箪食瓢饮 dān shí piáo yǐn）

俗語／粵語：安貧樂道

釋義

簞，是指古代盛飯的圓形竹器。「簞食瓢飲」意思是用簞盛飯吃，用瓢舀水喝，舊指安貧樂道，形容讀書人安於貧窮的清高生活。也指生活貧苦。

近義詞及反義詞

近義詞	反義詞
安貧樂道、粗茶淡飯	窮奢極侈

常見錯誤

「食」字有兩個讀音 sì 和 shí，讀 sì 時的意思是餵養，提供食物；讀 shí 時的意思是吃，食用，或指名詞食物。「簞食瓢飲」中「食」的意思是吃，而不是餵，因此讀作 shí，而不讀作 sì。

例句

而顏淵簞食瓢飲，在於陋巷。

——班固《漢書·貨殖傳》

(107) 放浪形骸
（簡體：放浪形骸 fàng làng xíng hái）

俗語／粵語：不羈

釋義

放浪：放縱。形骸：形體。行為放縱，不受世俗禮法的束縛。

近義詞及反義詞

近義詞	反義詞
放蕩不羈、倜儻不羈	循規蹈矩、規行矩步

常見錯誤

「骸」容易誤讀作 hài，也容易寫錯。「骸」從骨，亥聲，《說文解字》將其解釋為「脛骨也」。本義指的是小腿骨，後來也泛指骨頭，如「屍骸」「遺骸」等，所以部首為「骨」。除此以外，「骸」也有身體的意思。《列子‧黃帝》「有七尺之骸，手足之異，戴髮含齒」，意思是人有七尺高的身體，長着頭髮和牙齒，而且和動物的手、腳不同。這段話的「骸」便是身體之義。

例句

金榜眼雖然放浪形骸，卻是為人厚道。

——劉紹棠《村婦》

(108) 剛正不阿
（簡體：刚正不阿 gāng zhèng bù ē）

俗語／粵語：正直、忠直、不同流合污

釋義

指為人剛強正直，不阿諛奉承，不徇私迎合。

近義詞及反義詞

近義詞	反義詞
堅強不屈	阿諛奉承

常見錯誤

「剛正不阿」裏的「阿」是曲從、迎合、偏袒的意思，與「阿諛奉承」裏的「阿」意思相同。注意「阿」的讀音是 ē，不要讀成 ā。

例句

老教授剛正不阿，是非分明，決不含糊。
——鄒韜奮《上饒集中營・上「茅屋大學」》

(109) 怙惡不悛
（簡體：怙恶不悛 hù è bù quān）

俗語／粵語：死性不改、死不悔改

釋義

怙：依靠，依仗；悛：改過，悔改。堅持作惡，不肯悔改。

近義詞及反義詞

近義詞	反義詞
惡性難改	改過自新、洗心革面

常見錯誤

「悛」字常被寫錯讀錯。《說文解字》釋「悛」為「止也」，就是停止的意思，改正、悔改在行動上的前提就是要停止之前的錯誤行為。悔改在心理上，首先是一種後悔、悔恨的心態體現，因此「悛」為豎心旁。從「夋」（qūn）邊的漢字有讀作 qūn 的，如「逡」，可組詞「逡巡」；大多數讀音為 jùn，如「俊」「駿」「峻」等；「悛」則比較特殊，讀作 quān。

例句

對這個怙惡不悛的慣犯，必須嚴加懲處。

(110) 居心叵測
（簡體：居心叵測 jū xīn pǒ cè）

俗語／粵語：人心難測、各懷鬼胎

釋義

形容人心十分險惡，不懷好意，不可推測。「居心」是心地的意思；「叵」在篆文裏是「可」字反過來寫，也就是與「可」相反之義。《說文解字》將其解釋為「不可也」，是不可、不能的意思。

近義詞及反義詞

近義詞	反義詞
圖謀不軌	襟懷坦白、光明磊落

常見錯誤

「叵」義為不可，容易被誤讀為 bǒ。

例句

混入神團，居心叵測，乘火打劫，搶劫民財。

——老舍《神拳》

⑪ 秋毫無犯
（簡體：秋毫无犯 qiū háo wú fàn）

俗語／粵語：紀律嚴明

釋義

形容軍隊的紀律非常嚴明，絲毫不侵犯群眾的利益。「秋毫」是指鳥獸秋後新長的細毛，比喻極其細微的東西。

近義詞及反義詞

近義詞	反義詞
耕市不驚、道不拾遺	姦淫擄掠、胡作非為

常見錯誤

「毫」指的是長而尖的毛，所以它的下半部分是「毛」，現在注意不要寫成「自豪」的「豪」（不過在古代，「毫」與「豪」相通）。

例句

曹帥知道我們小袁營佔領北門一帶後秋毫無犯，十分滿意。
——姚雪垠《李自成》

(112) 恃才傲物
（簡體：恃才傲物 shì cái ào wù）

俗語 / 粵語：自大、自以為是、狗眼看人低

釋義

依仗自己的才能而驕傲自大，輕視旁人。「恃才傲物」的「物」，本來有三個意思，一是指東西，二是指說話的內容，三是指自己以外的人或跟自己相對的環境。這裏，「物」是第三個意思。

近義詞及反義詞

近義詞	反義詞
目空一切、才高氣傲	虛懷若谷

常見錯誤

恃不能寫作「峙」（zhì，直立聳立）。恃表示依賴、仗着，含有心理活動的成分，因此是豎心旁。

例句

遙想當年，錢鍾書名震清華，後來，他也以恃才傲物、喜臧否人物、擅諷刺文學聞名於世。

——張建術《魔鏡裏的錢鍾書》

(113) 天賦異稟
（簡體：天赋异禀 tiān fù yì bǐng）

俗語／粵語：天才、天份

釋義

有異於別人的奇特的天賦或特長。

近義詞及反義詞

近義詞	反義詞
天賦奇才	天生愚鈍

常見錯誤

「天賦」是指上天賦予，因此不可寫作「天富」或「天付」。「稟」不讀 lǐn，也不可寫作「秉」。「秉」是把、持之義，「秉性」指性格；「稟賦」指體魄智力方面的素質，「稟性」指本性。相對於「秉」而言，「稟」組成的詞更強調人與生俱來的能力與個性。「秉」和「稟」只有在「秉承」（稟承）一詞中可互用。

例句

然而，尤里安天賦異稟，不管在哪一方面他都能夠充分發揮自己的能力，教師們都感到很滿意。

——田中芳樹《銀河英雄傳說》

(114) 韋編三絕

（簡體：韦编三绝 wéi biān sān jué）

俗語 / 粵語：好學不倦、蛀書蟲

釋義

孔子晚年很愛讀《周易》，翻來覆去地讀，使穿連《周易》竹簡的皮條斷了好幾次。後來用「韋編三絕」形容讀書勤奮。

近義詞及反義詞

近義詞	反義詞
好學不倦	不學無術

常見錯誤

如果不理解這個成語的典故，就很難把這個成語寫對。在造紙術發明以前，古人用竹簡書寫，一片一片的竹簡很不方便，於是需要用繩索將竹簡穿連起來，「韋編」就是指將竹簡連綴成「篇」的皮繩。「絕」是斷的意思（可聯想斷絕），「三」是虛指，並不一定指實實在在的三次，而是表示很多次。所以「韋編三絕」的本義就是穿連竹簡的皮條斷了很多次。另外，「韋」字應讀為 wéi，而不是 wěi。

例句

劉禹錫曰：韋編三絕，所以明未會者多於解也。

——王讜《唐語林·文學》

(115) 頤指氣使

（簡體：颐指气使 yí zhǐ qì shǐ）

俗語／粵語：傲慢、目中無人

釋義

頤，腮幫、下巴；指，指揮；氣，神情；使，指使。頤指，不說話而用面部動作示意；氣使，用神情去支使人。「頤指氣使」指不用語言而用下巴和面部表情指使別人。形容有權勢的人傲慢的態度。

近義詞及反義詞

近義詞	反義詞
盛氣淩人、趾高氣揚	唯唯諾諾、低三下四

常見錯誤

「頤」的左邊不是「臣」。

例句

他大概有四十歲了，身材魁梧，舉止威嚴，一望而知是頤指氣使慣了的大亨。

——茅盾《子夜》

(116) 蠅營狗苟
（簡體：蝇营狗苟 yíng yíng gǒu gǒu）

俗語／粵語：卑鄙小人、見錢開眼

釋義

像蒼蠅那樣無孔不入，追逐腐物；像狗一樣苟且偷生，不知羞恥。比喻有些小人像蒼蠅和狗那樣為了追求一點點私利，沒有廉恥，不擇手段。

近義詞及反義詞

近義詞	反義詞
不知廉恥	光明磊落

常見錯誤

「蠅」和「狗」都用來比喻小人。明白了這一點，就不容易把「蠅」和「狗」寫錯。

例句

童霜威雖然心裏厭惡他平時的剛愎跋扈，也看不起他的貪污腐化，認為他是蠅營狗苟之流，臉上卻不能不敷衍他。

——王火《戰爭和人》

(117) 庸庸碌碌

（簡體：庸庸碌碌 yōng yōng lù lù）

俗語 / 粵語：庸才、無能

釋義

形容一個人平平庸庸，沒有志氣，也沒有甚麼作為。「庸」本義是用的意思，後來引申出平常的、日常的、平凡的意思。

近義詞及反義詞

近義詞	反義詞
庸碌無為、無所作為	大有作為

常見錯誤

「碌」容易誤寫為「錄」或「祿」。「碌」在《說文解字》裏的解釋為「石貌，從石錄聲」。「碌碌」原指很多石頭的樣子。所以有石字旁。後來引申出繁忙勞苦以及平庸無能的意思，也用作勞碌、忙碌。而「錄」主要是記載和抄寫的意思，用於抄錄、記錄。「祿」本義則是福氣，後常用於指官吏的俸給，用作俸祿、高官厚祿等。

例句

我同他們三位，或居天朝，或回本國，無非庸庸碌碌，虛度一生。

——李汝珍《鏡花緣》

(118) 傀儡
（簡體：傀儡 kuǐ lěi）

俗語 / 粵語：扯線公仔

釋義

木偶戲裏的木頭人。比喻被人玩弄於股掌之間，沒有獨立意志的人，或受人操縱的人或組織，如「傀儡皇帝」「傀儡政權」。

近義詞及反義詞

近義詞	反義詞
玩偶	獨立、自主

常見錯誤

「傀儡」本義指用土或木頭製成的人形玩偶，因此均為單人旁。「傀」字的右半邊是個「鬼」，但「傀」與通常意義上表鬼神之義的「鬼」並無關聯。《說文解字》說解「傀」為「偉也」，本義是偉、大；此外，「傀」的讀音為 3 聲，而不是 2 聲。「儡」（léi）同「壘」，指田間的土地。

例句

枚少爺穿着長袍馬褂，聽人指揮，舉動呆板，衣服寬大，活像一個傀儡。

——巴金《秋》

(119) 瓜葛

（簡體：瓜葛 guā gé）

俗語／粵語：牽連、拉上關係

釋義

瓜和葛都是蔓生的植物，能纏繞或攀附在別的物體上，比喻輾轉相連的社會關係，也泛指兩件事情互相牽連的關係。

近義詞及反義詞

近義詞	反義詞
牽纏、牽涉、糾紛	毫不相干

常見錯誤

「葛」字容易誤寫。「葛」是指一種多年生的蔓生植物，即葛麻，它的根可以用於製作澱粉，莖皮可以用於製作葛布，是一種很有用的草本植物，因此是草字頭。

例句

他潔身自愛，不曾與任何人有利益的瓜葛。

(120) 頂禮膜拜

（簡體：顶礼膜拜 ding lǐ mó bài）

俗語 / 粵語：崇拜、跪拜

釋義

頂禮膜拜本身表示的是一種極其恭敬的行禮方式。原來指對神虔誠地跪拜，後來泛指對人極端崇拜。「頂禮」指的是兩手翻轉，手心向上，用自己的頭觸及受禮者的腳。「膜拜」是兩手合掌，放在額前，進行跪拜，表示尊敬或畏服。

近義詞及反義詞

近義詞	反義詞
五體投地、肅然起敬	不以為然

常見錯誤

頂禮膜拜和五體投地都表示崇敬，容易弄混。前者偏重在崇拜，後者偏重在敬佩。

例句

又添一個青年女子，頂禮膜拜，行狀舉止，彷彿慧娘。

——俞萬春《蕩寇志》

(121) 勵精圖治
（簡體：励精图治 lì jīng tú zhì）

俗語／粵語：努力治理國家

釋義

振作精神，盡力設法治理好國家。後來也用來形容領導人的精神品質及其實際行動。「勵」古義通「厲」「礪」，有磨礪、振奮的意思，蘊含積極的情感，如「勵志」「勵精圖治」「鼓勵」「勉勵」「激勵」等。「圖」的意思是謀求，設法，如「圖謀」「唯利是圖」「企圖」等。「治」從水，本義是治水，引申為治理、整治的意思，如「無為而治」「長治久安」「安邦治國」等。

近義詞及反義詞

近義詞	反義詞
雄才大略、拚搏奮鬥	喪權辱國、禍國殃民

常見錯誤

人們常把「勵」寫錯。《說文解字》把「勵」解為「勉力也」。即勸勉，努力，引申為振作、振奮，這要集中力量才能做到，所以是力字旁。

例句

孫中山先生等人勵精圖治，奮鬥一生，對革命做出了巨大貢獻。

(122) 彈劾
（簡體：弹劾 tán hé）

俗語 / 粵語：問責

釋義

在君主時代擔任監察職務的官員檢舉其他官吏的罪狀。也指某些國家的議會對存在違法失職或是職務上犯罪的官吏，採取揭發和追究法律責任的行為。「彈劾」一詞在唐宋時期就已經出現。《說文解字》將「劾」解為「法有罪也」，也就是揭發罪狀、使之伏法的意思。「彈」指彈弓，後來也有彈劾、抨擊的意思。

近義詞及反義詞

近義詞	反義詞
檢舉、起訴、罷免	嘉獎、讚揚

常見錯誤

「劾」容易錯寫為「核」。「劾」的右半邊「力」是有強力的意思，與彈劾的詞語氛圍相符。而「核」從木，本義為果核，與彈劾的語境相去甚遠。

例句

我們應該先行檢舉，提出彈劾。

——茅盾《動搖》

123 詆毀

（簡體：诋毁 dǐ huǐ）

俗語／粵語：中傷

釋義

譭謗；污蔑。「詆」的本義指的是苛刻，或指苛刻地責問。正是因為對人有苛刻的態度，才會有譭謗和污蔑的言辭。

近義詞及反義詞

近義詞	反義詞
誹謗、毀謗、誣衊	推崇、讚美、讚揚、譽揚

常見錯誤

人們容易把「詆毀」中的「詆」字寫錯。「詆」是形聲字，從言，氏（dǐ）聲，本義為誣衊，譭謗。誣衊和譭謗都需要用語言，因此「詆」是言字旁。需要區分的是，「報紙」的「紙」、「舔舐」的「舐」音旁都是「氏」；而「詆毀」的「詆」、「府邸」的「邸」、「砥礪」的「砥」音旁是「氐」，比「氏」多一點。

例句

對手的詆毀，同伴的誤解，都沒有阻擋他前進。

(124) 爾虞我詐
（簡體：尔虞我诈 ěr yú wǒ zhà）

俗語／粵語：互相猜度、勾心鬥角、明爭暗鬥

釋義

彼此猜疑，互相欺騙。也說爾詐我虞。「爾虞我詐」出自《左傳·宣公十五年》：「我無爾詐，爾無我虞。」意即你不騙我，我不騙你。「虞」本義是神話傳說中的獸名「騶虞」，後來多作為其他字的假借，而本義漸漸不再常用了。

近義詞及反義詞

近義詞	反義詞
勾心鬥角、明槍暗箭	推心置腹、肝膽相照

常見錯誤

「虞」不可讀成 3 聲。「詐」是欺騙之義，與言說有關，因此是言字旁，不可寫成「炸」。

例句

周圍的那些庸人個個精神貧乏，空虛無聊，虛偽奸佞，爾虞我詐，一心追逐等級地位。

——歌德《少年維特之煩惱》

(125) 誹謗

（簡體：诽谤 fěi bàng）

俗語 / 粵語：捏造、老屈

釋義

議論是非，指責過失，故意捏造事實並加以散佈，損害他人人格，破壞他人名譽的行為。

近義詞及反義詞

近義詞	反義詞
詆毀、造謠、誣蔑	褒揚、歌頌

常見錯誤

人們常常將「誹」的偏旁搞錯，《現代漢語詞典》解釋「誹」為譭謗，指背地裏議論，說人壞話，和語言有關，因此為言字旁。「謗」也與語言有關，也為言字旁。

例句

誹謗是一把刀子，總想把無辜逼上絕路，躺倒的確可以苟活，失去的卻是高度。

——汪國真《誹謗》

(126) 糾纏
（簡體：纠缠 jiū chán）

俗語 / 粵語：死纏爛打、找碴

釋義

繞在一起，也指攪擾，找人的麻煩。

近義詞及反義詞

近義詞	反義詞
糾紛、糾葛、纏繞	/

常見錯誤

《說文解字》把「纏」說解為「繞也」，本義是圍繞、纏繞的意思，把「糾」說解為「繩三合也」，即三股繩子絞合在一起，引申為讓人煩擾不休。與此類似的，還有「胡攪蠻纏」「難纏」等。

例句

遇到糾纏不清的人，最好的辦法就是不理他。

(127) 偏袒

（簡體：偏袒 piān tǎn）

俗語 / 粵語：偏幫、企哂係佢個邊

釋義

解衣裸露一肩，引申為袒護雙方中的一方。袒這一動作在古代常帶有儀式性或是某種情緒流露的象徵，如「袒臂」意為袒露胳膊，表示奮發、激昂或願意歸降；「袒肉」意為脫去上衣，裸露肢體，是古人謝罪或祭禮時的一種表示。在佛教中，佛教徒穿袈裟，袒露右肩，以表示恭敬，並便於執持法器。後來「偏袒」引申為偏護。

近義詞及反義詞

近義詞	反義詞
偏私、偏頗、左袒	公正、公允

常見錯誤

「袒」《說文解字》說解為「衣縫解也」，本義是脫去衣服露出上身。因此從衣旁。

例句

楊過心想：你自然偏袒女兒，以後我不去惹她就是。

——金庸《神雕俠侶》

(128) 調侃

（簡體：调侃 tiáo kǎn）

俗語／粵語：取笑、嘲笑

釋義

用言語戲弄，嘲笑。「侃」最初是形容和樂、從容不迫、剛直的樣子。「侃侃而談」形容從容不迫、理直氣壯地談話。

近義詞及反義詞

近義詞	反義詞
戲弄、嘲弄	／

常見錯誤

「侃」字容易寫錯。「侃」《說文解字》解為「剛直也。古文信；從川，取其不舍晝夜。」

例句

他想不到陳產丙竟不買他的交情，竟然陰陽怪氣調侃他。

——高曉聲《極其簡單的故事》

(129) 分道揚鑣

（簡體：分道扬镳 fēn dào yang biāo）

俗語 / 粵語：你走你的陽關道，我過我的獨木橋、各行各路

釋義

指分道而行，走上不同的道路。也比喻因目標不同而各奔前程或各幹各的事情。

近義詞及反義詞

近義詞	反義詞
背道而馳、南轅北轍	並肩前進、攜手合作

常見錯誤

「鑣」容易誤寫為「鏢」。「揚鑣」中的「鑣」是馬嚼子。分道揚鑣是指揚鞭策馬，分道而行。而「鏢」從金，票聲，《廣韻》將其解釋為「刀劍鞘下飾也」，本義指的是刀鞘末端裝飾用的銅，現在主要是飛鏢之義。

例句

他倆本來是好朋友，但自從那一次爭執後，便分道揚鑣了。

(130) 株連
（簡體：株连 zhū lián）

俗語／粵語：連累、累人累物

釋義

指一人有罪而牽連他人。「株」本指露出地面的樹根，根與根之間牽連甚多，因此人與人之間的牽連也就用株連來比喻了。

近義詞及反義詞

近義詞	反義詞
連累、牽連	／

常見錯誤

連表示牽連，連接的意思。雖然古代一些文獻中有使用「株聯」的情況，但是應當以寫作「株連」為正確。「株連」要區別於「珠聯璧合」的「珠聯」。「株連」又稱「族誅」，意為將犯罪者的族人都誅殺掉的刑罰，但儘管株連與誅殺有關，卻不能把「株」誤寫為「誅」，因為這裏的「株」不是誅殺的意思，而是用樹根之間的牽連來比喻人與人之間的牽連。

例句

許紳深知，如果一副藥下去，嘉靖不能活過來，自己的結局必定是陪葬，甚至會株連家族、親友。
—— 王旭《御醫的風險》

(131) 甚囂塵上
（簡體：甚嚣尘上 shèn xiāo chén shàng）

俗語／粵語：滿城風雨、議論紛紛

釋義

比喻對某人某事的議論很多，也常用來形容某種負面言論特別囂張。

近義詞及反義詞

近義詞	反義詞
滿城風雨	風平浪靜

常見錯誤

「囂」字多用來組成書面詞語，平時較少用到，字形往往不為人所熟悉，寫的時候要注意中間的部分是「頁」，不要與「器」弄混。「器」從犬，《說文解字》解為「象器之口，犬所以守之」，意思是器物很多，用狗看守。「器」的本義是器具，與表示喧鬧的「囂」不同。

例句

近日官商勾結的消息甚囂塵上。

(132) 生殺予奪

（簡體：生杀予夺　sheng shā yǔ duó）

俗語 / 粵語：掌握生殺之權、條命係你手

釋義

指統治者掌握生死、賞罰的大權。

近義詞及反義詞

近義詞	反義詞
草菅人命	人微言輕

常見錯誤

人們常把「生殺予奪」的「予」字寫錯，「予」是「給予」的意思，不能讀作 4 聲，也不能寫成「於」或「與」。

例句

瓊華已經不再是天真少女的瓊華，而是一顰一笑中有生殺予奪之權的一鄉的女王。

——茅盾《一個女性》

（133） 蠹賊
（簡體：蠹贼 máo zéi）

俗語 / 粵語：賣國賊、敗類

釋義

貶義詞。原指吃禾苗的害蟲，後常用來指對國家或人民有害的人或事物。壞人危害國家與人民，猶如害蟲危害莊稼，所以蠹賊後來便用來比喻貪官污吏、危害國家或人民的人。

近義詞及反義詞

近義詞	反義詞
國賊	忠臣

常見錯誤

人們經常把「蠹賊」與「毛賊」混用，它們雖然都是貶義詞，但是程度不同。「毛賊」指的是一般的小偷，是對盜賊、反賊的蔑稱。而「蠹賊」則是指對國家或人民有害的人或事物。

例句

這些蠹賊昏椓的混帳王八蛋當然也就是上面所指的一些強盜鴟梟。

——郭沫若《中國古代社會研究》

(134) 佞臣
（簡體：佞臣 nìng chén）

俗語 / 粵語：狗官

釋義

貶義詞。奸邪諂媚，善於逢迎的臣子。漢字中有一個頗有趣的現象，據統計，在《說文解字》中，女部字有兩百多個，男部字卻屈指可數。而且，男部字（如：男、舅、甥）都只是稱謂，沒有感情色彩，多為中性；而女部字如：（佞、嬌、媚、奸、妒）卻多含有褒義或貶義。

近義詞及反義詞

近義詞	反義詞
奸臣、奸佞	忠臣、棟樑

常見錯誤

「佞」不要錯寫成「侫」，也不能錯讀為 wàng。

例句

執理不屈者，直臣也；畏威順旨者，佞臣也。

——范祖禹《唐鑒》

(135) 翹楚

（簡體：翘楚 qiáo chǔ）

俗語 / 粵語：猛人、精英、尖子

釋義

褒義詞。傑出的人才。「翹楚」一詞出自《詩經·周南·漢廣》：「翹翹錯薪，言刈（yì）其楚。」意思是在眾多雜亂的薪柴中，要砍取高的。因此，「翹楚」的本義是指高出雜樹叢的荊樹。後用以比喻傑出的人才或突出的事物。

近義詞及反義詞

近義詞	反義詞
精英、佼佼者	庸才

常見錯誤

「翹」讀作 qiáo 時有兩個意思：一是舉起，抬起，向上；一是特別出眾的。讀 qiào 時意思是「一頭向上仰起」，如「翹尾巴」「翹辮子」。這一義項要與「蹺蹺板」的「蹺」相區別。

例句

作為中國陶瓷產地中的翹楚，景德鎮在宋代就和海外建立了貿易往來。

136 始作俑者
（簡體：始作俑者 shǐ zuò yǒng zhě）

釋義

貶義詞。俑：古代殉葬用的木制或陶制的俑人。開始用俑殉葬的人，比喻第一個做某項壞事的人或惡劣風氣的創始人。

近義詞及反義詞

近義詞	反義詞
罪魁禍首	／

常見錯誤

「作」是當作、作為的意思，不是製作，所以不能寫成「做」。「俑」是「兵馬俑」的「俑」，單人旁，表示人形、像人的樣子，不可寫成「甬」。現在常有人將「始作俑者」理解為某事物的開端、開創者，甚至將其作為褒義詞來使用，例如：「周作人是閒適小品的始作俑者及代表作家。」這是錯誤的。「始作俑者」泛指惡劣風氣的創始者，是一個貶義詞。

例句

「焚書坑儒」的秦始皇是大興文字獄的始作俑者。

(137) 紈絝子弟
（簡體：纨绔子弟 wán kù zǐ dì）

俗語／粵語：二世祖、敗家仔

釋義

舊時指官僚、地主等有錢有勢人家成天吃喝玩樂、不務正業的子弟。

近義詞及反義詞

近義詞	反義詞
膏粱子弟	奮發圖強

常見錯誤

「紈絝」不讀 zhí kuǎ。雖然「紈絝」是一個與服飾相關的名詞，但這兩個字的偏旁不是衣字旁。「紈」的本義是一種珍貴的絲織品，因此用「絲」作為偏旁，其他一些表示紡織品的漢字，如「綿」「綢」「緞」等也是以「絲」作為偏旁的。

例句

民國時期，惠州有個紈絝子弟，外號叫李大麻子，不學無術，仗着家裏有兩個錢，就花費幾千大洋，當上了一支雜牌隊伍的團長。

——肖建國《神槍團長》

(138) 吃閉門羹

（簡體：吃闭门羹 chī bì mén gēng）

俗語／粵語：摸門釘

釋義

被主人拒之門外，或主人不在，門鎖着，對於上門的人叫吃閉門羹。後泛指對某事拒絕商談。

近義詞及反義詞

近義詞	反義詞
拒諸門外	開門迎客

常見錯誤

「羹」字易寫錯。這個字從羔，從美，本義是帶汁的肉食，現代常用義是濃湯。

例句

他說廣州的報刊實在太多了，應該取締一下才行。這樣，先給我一杯閉門羹，使我連開口的餘地都沒有了。

——郭沫若《洪波曲》

(139) 僭越

（簡體：僭越 jiàn yuè）

俗語／粵語：超越本份

釋義

超越本份行事，冒用級別在上的人的名義或物品。另外還可以用作謙詞。「僭」字作為動詞，是超越本份辦事的意思，作為形容詞，則有虛偽、過份、罪過的含義，如「僭詞」（虛妄之辭）、「僭奢」（過份奢侈）等。「僭越」在古時指地位在下者冒用在上者的名義或器物等，尤指用皇家專用的。現在指無權冒用或要求，卻用了自己的級別所不應該用的禮儀等。

近義詞及反義詞

近義詞	反義詞
逾越	安份

常見錯誤

「僭越」一詞的使用有特定的條件，即超越本份、越過規範行事。在家裏對父母不敬，叫作「忤逆」。在職場中對上級不敬或做了不該做的事，叫作「僭越」。二者不可混淆。

例句

他們在工作上都注意分寸，避免僭越。

攀緣
（簡體：攀缘 pān yuán）

俗語／粵語：攀附權貴

釋義

抓着東西往上爬，比喻投靠有錢有勢的人並借機往上爬。

近義詞及反義詞

近義詞	反義詞
攀附、投靠	／

常見錯誤

《說文解字》把「攀」解說為「引也」，即牽挽、抓住的意思。因此下面是個「手」。另外，「緣」不能誤寫為「椽」。「緣」雖常用於「緣份」，但有向上爬的意思。比如《孟子·梁惠王上》中寫道：「以若所為，求若所欲，猶緣木而求魚也。」這句話的大意是說，憑你的做法去實現你的心願，就好比是爬上樹去捉魚一樣不切實際。

例句

船上人就引手攀緣那條纜索，慢慢地牽船過對岸去。

——沈從文《邊城》

(141) 韜光養晦
（簡體：韬光养晦 tāo guāng yǎng huì）

俗語 / 粵語：低調

釋義

隱藏起自己的才能，收起自己的鋒芒，不使外露。「韜」的原意就是收藏弓箭的袋子。作為動詞，有掩藏的意思。「晦」在《說文解字》中解為「月盡也」，本義為陰曆每月的最後一天。引申出夜晚之義。「養晦」是隱居匿跡。

近義詞及反義詞

近義詞	反義詞
深藏不露	鋒芒畢露

常見錯誤

「韜」容易寫成「滔」或者「舀」（yǎo）。「韜」字在《說文解字》裏的解釋為「從韋，舀聲，劍衣也」。「韋」是熟皮子。古人用皮子做劍套和弓箭套。而「滔」從水，描摹水勢盛大的樣子，或用作比喻，用於「滔滔不絕」「滔天之罪」等。「舀」則上面一個爪，下面一個臼，是用手掏取東西，多用於「舀一瓢水」等。

例句

程濤聲這是韜光養晦之計，可以擺脫特務的監視，可以使老蔣放心，求得自己的安全自保。

——王火《戰爭和人》

(142) 掣肘
（簡體：掣肘 chè zhǒu）

俗語 / 粵語：阻撓、拒絕支緩或幫助

釋義

拉住胳膊，比喻阻撓別人做事。《經典釋文》釋「掣」為「拽也」，本義為牽、拉、拽等具體的動作，也有抽、拔之義，如「掣籤」即「抽籤」之義。後逐漸發展為牽制、控制這類抽象的動作，如「掣制」（牽制）、「掣搦」（拘牽、牽制）等。

近義詞及反義詞

近義詞	反義詞
牽引、牽制、阻撓	支援、幫助

常見錯誤

「掣」字容易寫錯，這個字的本義為牽引、拉，因此和「手」有關，意思為用手去做出拉、扯、拽這類動作，用以阻撓、制止別人。也有人錯讀為 zhì。

例句

至於道家因根本否認秩序而逃掉，這對於儒家，倒因為減少了一個掣肘的而更覺方便。

——聞一多《關於儒、道、土匪》

(143) 反唇相譏

（簡體：反唇相讥 fǎn chún xiāng jī）

俗語／粵語：回嘴、反咬一口

釋義

受到指責不服氣而反過來譏諷對方。「反唇」意思是因不服而還嘴。「譏」在《說文解字》中的解釋是旁敲側擊地批評，譏諷。「反唇相譏」又寫作「反唇相稽」。

近義詞及反義詞

近義詞	反義詞
反唇相稽	張口結舌、無言以對

常見錯誤

「反」的甲骨文字形像手攀山崖之形。《說文解字》把「反」的小篆字形解為「覆也」，即翻轉的意思。「反唇相譏」的「反」就是翻轉、翻起的意思。因為在古書中「反」和「返」常常混用，所以要特別注意不要把「反唇相譏」的「反」錯寫成「返」。「譏」是譏諷的意思，注意不要寫成「嘰」。

例句

他反唇相譏地說：「你不能指望每月出十三元的薪餉就能買到所有的基本道德。」

(144) 沆瀣一氣
（簡體：沆瀣一气 hang xiè yí qì）

俗語 / 粵語：臭味相投

釋義

貶義詞。比喻情趣相似、臭味相投的人勾結在一起。「沆」有兩個意思，一是比較大的湖泊，二是白色的霧氣。「瀣」意思是夜間的露氣。

近義詞及反義詞

近義詞	反義詞
狼狽為奸、一丘之貉	志同道合

常見錯誤

「瀣」的字形非常複雜，很容易寫錯，尤其是右邊字形上半部分的「又」，不要寫錯。

例句

他們倆個沆瀣一氣，暗地裏挪用公款，還以為沒有人知道。

(145) 餞行
（簡體：饯行 jiàn xíng）

俗語 / 粵語：送行

釋義

設酒食送行。古人有很多送別的方式。第一種就是送別酒、送別宴；第二種是送別詩、送別歌；第三種是折柳送別。由於「柳」和「留」諧音，古人在送別之時，往往折柳相送。

近義詞及反義詞

近義詞	反義詞
送行、餞別	接風、洗塵

常見錯誤

人們常把「餞行」的「餞」字寫錯、讀錯，為人餞行通常要設酒菜，所以和食物有關，帶食字旁。而「餞」字的讀音是 jiàn，而不是 jiān、zhàn、qiān 等。

例句

真的要去留學，也得給此地的幾個朋友們知道，揀個日子，我給您餞行，好嗎？

——夏衍《秋瑾傳》

(146) 兄弟鬩牆
（簡體：兄弟阋墙 xiōng dì xì qiáng）

俗語 / 粵語：自相殘殺、內鬨

釋義

貶義詞。鬩的意思是爭吵不休。兄弟在家中爭吵，比喻內部鬥爭。「鬩」從鬥，從兒。本義是不和、爭吵。《說文解字》將其解釋為一直爭吵的意思。「兄弟鬩牆」這個成語出自《詩經・小雅・常棣》「兄弟鬩于牆，外禦其侮」。這句詩的意思是，兄弟雖然在自己家的圍牆裏面吵架，但如果有人從外部來侵犯，他們便會團結起來一致抵抗。所以這個成語本來並未含很強烈的貶義，但現在一般都是作為絕對的貶義詞來使用。

近義詞及反義詞

近義詞	反義詞
同室操戈、煮荳燃萁	戮力同心、同仇敵愾

常見錯誤

「鬩」字的讀音是個難點。注意，不要誤讀為 nì。「兄弟鬩牆」不要錯寫為「兄弟隙牆」。

例句

而俠累那傢伙，偏偏要兄弟鬩牆，引狼入室！
——郭沫若《棠棣之花》

(147) 煮豆燃萁
（簡體：煮豆燃萁 zhǔ dòu rán qí）

俗語 / 粵語：自相殘殺、鬼打鬼

釋義

燃：燒；萁：豆莖。把豆萁曬乾後可以做柴火，其燃燒而煮熟的正是與自己同根而生的豆子，比喻兄弟骨肉相殘。

近義詞及反義詞

近義詞	反義詞
骨肉相殘、兄弟鬩牆	情同手足、輔車相依

常見錯誤

「萁」《說文解字》解為「豆莖也」，即豆類植物的秸稈，所以用草字頭。注意，「萁」，也不要讀作 jī，也不要錯寫為「箕」。「箕」是用竹篾、柳條等製成的揚去糠麩或清除垃圾的器具，所以為竹字頭。

例句

他們家兩兄弟共同創業數十年，最終卻因為利益而煮豆燃萁，實在可惜。

(148) 眾口鑠金
（簡體：众口铄金 zhòng kǒu shuò jīn）

俗語 / 粵語：人言可畏

釋義

眾人的言論能夠熔化金屬，比喻輿論影響的強大，也比喻眾口同聲可以混淆視聽。「眾口鑠金」和「積毀銷骨」是用來形容輿論作用之大和流言的危害之大。

近義詞及反義詞

近義詞	反義詞
積毀銷骨、三人成虎	／

常見錯誤

「鑠」字從金，本義和金屬有關。注意，「鑠金」不要寫成「爍金」，「爍」的本義是發光的樣子。

例句

我們不怕事情有多複雜，只怕真相未白之前大家眾口鑠金，積非成是，到時候就麻煩了。

(149) 萬馬齊喑
（簡體：万马齐喑 wàn mǎ qí yīn）

俗語／粵語：死氣沉沉

釋義

喑：啞，不能說話或（個性、態度）緘默，不說話之義。所有的馬都沉寂無聲，舊時形容人們沉默不敢發表意見，現也用以比喻沉悶的政治局面。

近義詞及反義詞

近義詞	反義詞
噤若寒蟬	百家爭鳴

常見錯誤

「喑」不要錯寫誤讀作「暗（àn）」。「喑」意為「啞」，不能說話，發不出聲音，故而與嘴巴（「口」）、聲音（「音」）相關，所以是從口，從音。而「暗」是光線不足，不明亮，所以是日字旁。

例句

年輕的中國運動員許海峰、曾國強用百步穿楊的絕技和力舉千鈞的氣概，把零的恥辱甩進了太平洋，實現了幾代人的夙願，結束了「萬馬齊喑究可哀」的局面，開創了中國人民奪取奧林匹克金牌的歷史。

—— 《別了，0！》（《中國青年報》1984 年 7 月 31 日）

事物篇

(150) 端倪
（簡體：端倪 duān ní）

俗語 / 粵語：頭緒

釋義

事情的眉目；頭緒；邊際。也指推測事物的始末。「倪」是形聲字，引申為頭、頭緒。「端」的本義是東西的頭，引申為事情的開頭、原因、起因。因此「端」和「倪」結合起來仍然是事情的眉目；頭緒；邊際的意思。此外，端倪還可以做動詞，表示推測、捉摸（事情的始末）。

近義詞及反義詞

近義詞	反義詞
頭緒、眉目	/

常見錯誤

「倪」不可讀作 4 聲；「倪」的右半邊是兒，左半邊為單人旁，不可寫作「睨」（nì，斜着眼睛看）。

例句

把煙噴成一個個的圓圈兒，讓它們在空中滾着。於是我的沒端倪的思想就會跟着那些煙雲蔓衍着，消隱着，又顯現着。
—— 施蟄存《贊病》

破綻
（簡體：破绽 pò zhàn）

俗語／粵語：露餡、露出馬腳

釋義

「破綻」原來是指衣被靴帽等的裂口，後來引申為抽象意義上的「裂口」，即漏洞，比喻說話做事時露出的漏洞。

近義詞及反義詞

近義詞	反義詞
漏洞	嚴密、嚴謹

常見錯誤

「綻」最初是指紡織物衣服破了，所以是絞絲旁。另外需注意以「定」作聲旁的幾個常用字並不一定都念 dìng：「綻」讀作 zhàn；「一錠銀子」的「錠」和意思是屁股的「腚」讀作 dìng。

例句

做作的寫信和日記，恐怕也還不免有破綻，而一有破綻，便破滅到不可收拾了。

——魯迅《三閑集·怎麼寫》

(152) 式微

（簡體：式微 shì wēi）

俗語 / 粵語：衰落、唔興

釋義

指事物從興盛轉為衰落，有衰敗之義。「式」是句首語氣詞。「微」有微小、衰微的意思。現在，「式微」用於泛指日漸衰敗。

近義詞及反義詞

近義詞	反義詞
衰落、衰微	興盛、蓬勃、昌盛

常見錯誤

「式微」容易被誤以為是勢力衰敗而錯寫為「勢微」。其實「式」是語氣助詞。「式微」直譯為「衰敗啊」。

例句

誰曾從豐裕跌落到貧乏，從高貴跌落到式微，那他對於世態炎涼的感覺，大概要加倍的深切罷。

——茅盾《一個女性》

(153) 方興未艾
（簡體：方兴未艾 fāng xīng wèi ài）

俗語 / 粵語：時興、新興潮流

釋義

事物正在興起、發展，一時不會終止。多形容新事物正在蓬勃發展。「艾」有止和絕的意思。「方」在此用作副詞，指剛剛，相當於「始」。有相同用法的還有「如夢方醒」。「方興未艾」意為正在興盛階段，還沒有終止。多用於新事物出現之時，含有褒義色彩。這一成語出自宋代陸佃《陶山集·太學案問》：「大學之道，方興未艾也。」

近義詞及反義詞

近義詞	反義詞
蒸蒸日上	日暮途窮、一蹶不振

常見錯誤

「艾」字往往容易被寫錯。《說文解字》把「艾」解為「冰台也」。「冰台」別名艾蒿，是一種草本植物，因此「艾」為草字頭。

例句

我們的友誼，源遠流長；我們的事業，方興未艾！
　　　　　　　　　　　　——冰心《十億人民的心願》

(154) 貽害無窮
（簡體：贻害无穷 yí hài wú qióng）

俗語 / 粵語：後患無窮

釋義

因對某人某事處理不當，留下了無法根除的禍害。又作貽患無窮。「貽」有遺留的意思，本義其實是贈送財物。在中國漢字中，與財產、金錢有關的很多字，都是貝字旁。

近義詞及反義詞

近義詞	反義詞
後患無窮、遺禍無窮	斬草除根

常見錯誤

「貽」從貝，台聲，本義是贈送，引申出遺留的意思，用於「貽害無窮」和「貽笑大方」。注意：「貽」不要與「遺」混淆。

例句

弄到今日國窮民困，貽害無窮，思想起來，實實令人可恨。
——李寶嘉《文明小史》

(155) 繁文縟節

（簡體：繁文缛节 fán wén rù jié）

俗語 / 粵語：繁瑣事項

釋義

貶義詞。文：規定、儀式；縟：繁多；節：禮節。過多的、不必要的儀式或禮節。也指煩瑣多餘的事項或手續。

近義詞及反義詞

近義詞	反義詞
繁文縟禮	/

常見錯誤

「縟」為形容詞，部首為絞絲旁，與「繁」的部首「糸」同義，這個部首的本義指的是絲線、細絲，後來用絲線容易糾纏混亂在一起的特點，把這個部首的意思引申為繁多、煩瑣。注意「縟」不要錯讀為 rú。也不要錯寫為「褥」。「縟」與「褥」在古代漢語中可以通用，然而在現代漢語中則有區別。「褥」為名詞，部首為衣字旁，與衣被類相關，常見詞有「褥子」「被褥」。

例句

文化是文化，文化裏含有許多不必要的繁文縟節，不必由他去維持，也不必由他去破壞。

——老舍《四世同堂》

(156) 紕漏
（簡體：纰漏 pī lòu）

俗語 / 粵語：疏忽、差遲

釋義

疏忽所致的錯誤和遺漏。「紕」本義為織物稀疏；「漏」從水，扁（lòu）聲，原來是漏壺的簡稱，是古代的滴水計時的儀器。後來從一點點漏水引申出漏洞、疏忽的意思。「紕漏」指言行上的一些小差錯。後世的學者也把文章中不合理、不正確的地方叫作「紕漏」。現在這個詞多指會產生一定後果的小事故。

近義詞及反義詞

近義詞	反義詞
錯誤、疏漏	/

常見錯誤

「紕」字的意思是織物的經緯變得稀疏開散，或者絲線分解成若干根單股線，所以它是絞絲旁。注意：不要錯寫為「批」。

例句

如果不是小楊作風嚴厲，很可能還會出一點小小的紕漏。

——魏巍《東方》

(157) 蔚然成風
（簡體：蔚然成风 wèi rán chéng fēng）

俗語／粵語：潮流、風氣

釋義

形容一種事物逐漸發展、盛行，形成風氣。《說文解字》中對「蔚」的解釋是「牡蒿也」，牡蒿是一種多年生草本植物，可以入藥。「蔚」還可以指草木茂盛的樣子，後來又引申出了形容雲霧彌漫或文辭華美的意思。「蔚然成風」也作「蔚成風氣」。

近義詞及反義詞

近義詞	反義詞
風靡一時	日漸式微

常見錯誤

有的人把「蔚然成風」誤用到貶義語境中，其實「蔚然成風」一般用於褒義語境，用來形容形成一種良好的風氣。「蔚然成風」的「蔚」是草字頭，注意不要寫成「尉」。

例句

日本國內，自望族以至一般文士，摹仿唐詩蔚然成風。
　　　　　　　　　　　　——范文瀾、蔡美彪《中國通史》

(158) 危如累卵
（簡體：危如累卵）

俗語 / 粵語：一步一驚心、危危乎、險過剃頭

釋義

原義為將雞蛋摞起來，雞蛋隨時都有可能被摔碎，形容形勢極其危險，如同摞起來的蛋，比喻不穩定，隨時都有倒下來的可能。

近義詞及反義詞

近義詞	反義詞
岌岌可危、一髮千鈞	安如磐石

常見錯誤

「累」字容易讀錯。「累」是會意字，上面的「田」是「晶」的省略，像事物堆累之形，既有標音作用，又有表意功能。「累」的本義是堆積、積聚，讀作 lěi，讀作 lèi 時是勞累的意思。「累卵」是把蛋一層一層摞起來。

例句

大名危如累卵，破在旦夕，倘或失陷，河北縣郡，如之奈何？
　　　　　　　　　　　　　　——施耐庵《水滸傳》」

(159) 梗概
（簡體：梗概 gěng gài）

俗語 / 粵語：大概

釋義

大概、大略的內容。「木」的甲骨文形似一棵樹，上面是枝葉，下面是樹根，本義就是樹的意思，以「木」為部首的字本義大都和樹有關。

近義詞及反義詞

近義詞	反義詞
大概、大要	細節

常見錯誤

「梗」是指某些植物的枝和莖，枝莖構成了植物的框架結構，引申出「大概」之義。「概」是大略、大體之義。

例句

再次合作，老先生主其事，吾輩身在其中，應知梗概。
————廖承志《致蔣經國先生信》

160 殺手鐧

（簡體：杀手鐧 shā shǒu jiǎn）

俗語 / 粵語：絕招、必殺技、看家本領、祕技

釋義

「鐧」指的是古代的一種兵器，像鞭，四棱。舊時小說中指廝殺時出其不意地用鐧投擲敵手的招數，比喻最關鍵的時刻使出的最拿手的本領。「殺手鐧」原本並不是一個詞，而是隋唐英雄秦瓊的家傳武功秦家鐧法中最後使出來的，後引申為留一手的、很致命的武器。以後逐漸演化成能夠有效解決問題的手段、應對困難的方案。

近義詞及反義詞

近義詞	反義詞
絕招	/

常見錯誤

「殺手鐧」中的「鐧」讀 jiǎn。讀 jiàn 時指車軸上的鐵條，用以減少軸與轂之間的摩擦。

例句

因為它有靠山：一是繭廠規定洋種繭價比土種貴上三四成；二是它有保護，下了一記「殺手鐧」，取締土種。

——茅盾《陌生人》

(161) 窘迫
（簡體：窘迫 jiǒng pò）

俗語 / 粵語：為難

釋義

非常窮困。也指十分為難。「迫」《說文解字》說解為「近也」，引申為「逼迫」「緊迫」的意思。「窘迫」用來形容處境困急或指經濟拮据。

近義詞及反義詞

近義詞	反義詞
拮据、窘慼、窮困、貧乏	優裕、從容

常見錯誤

《詩經·小雅·正月》中有「終其永懷，又窘陰雨」的詩句，《毛詩故訓傳》解釋說「窘，困也」。《說文解字》對「窘」的釋義是「迫也」。「窘」的讀音是 jiǒng。

例句

至於得到的木刻，我日日在想翻印。現在要躊躇一下的，只是經濟問題，但即使此後窘迫，則少印幾張就是。

——魯迅《書信集·致曹靖華》

(162) 喧賓奪主

（簡體：喧宾夺主 xuān bīn duó zhǔ）

俗語／粵語：反客為主、搶風頭

釋義

客人的聲音壓倒了主人的聲音。比喻客人佔了主人的地位，或外來的、次要的事物佔據了原有的、主要的事物本應有的地位。

近義詞及反義詞

近義詞	反義詞
本末倒置、鵲巢鳩佔	客隨主便、安守本份

常見錯誤

《玉篇》中對「喧」的解釋是「大語也」，意思是（說話）聲音大而嘈雜，所以「喧」是口字旁。

例句

這黃角樹每每愛寄生在別的大樹上，因為發育的迅速，不兩年便要鬧到喧賓奪主的地位，把那原有的大木形成為自己身上的寄生樹一樣。

——郭沫若《我的童年》

(163) 曇花一現
（簡體：昙花一现 tán huā yí xiàn）

俗語 / 粵語：眨下眼就消失

釋義

「曇花」在佛經中指優曇缽羅花，傳說它生長於喜瑪拉雅山，三千年才開花，開花後很快就會凋謝。因此「曇花一現」用來比喻稀有的事物或顯赫一時的人物出現不久就消逝。

近義詞及反義詞

近義詞	反義詞
好景不常	屢見不鮮、萬古長青

常見錯誤

「曇」字容易寫錯。「曇」的上面是日，下面是雲，本義就是密佈的雲。「曇天」就是多雲天，形容雲彩密佈的樣子。因此，曇花雖然是花，「曇」字卻不是草字頭。

例句

希望經濟蓬勃的盛狀不只是曇花一現而已。

(164) 曖昧

（簡體：暧昧 ài mèi）

俗語 / 粵語：不可告人

釋義

（態度、用意）含糊；不明白。也指（行為）不光明；不可告人。
「曖昧」一詞古義是指日光不明，後來漸漸地引申為態度、用意
不明，現在此詞只用引申義。

近義詞及反義詞

近義詞	反義詞
含糊	明白、明朗

常見錯誤

首先，「曖昧」這兩個字的偏旁易寫錯，「曖」是日光昏暗之義，
「昧」是暗、不明之義，都與光有關，因此「曖昧」都是日字旁。
其次，這兩個字的右邊也值得注意。「曖」的右邊是「愛」而不
是「爱」，「昧」的右邊是「未」不是「末」。

例句

保長開始抱怨他的賭運，但他忽又曖昧地笑起來。

——沙汀《還鄉記》

(165) 斑駁陸離
（簡體：斑驳陆离 bān bó lù lí）

俗語／粵語：五光十色

釋義

形容色彩繁雜。「斑駁陸離」出自屈原的名作《離騷》：「紛總總
其離合兮，斑陸離其上下。」意思是雲霓愈聚愈多，忽離忽合，
五光十色，上下左右飄浮蕩漾。「斑」的本義是雜色的花紋或斑
點。「駁」表示毛色混雜交織，毛色不純。所以「斑駁」是指顏
色相雜。陸離是形容色彩繁雜。

近義詞及反義詞

近義詞	反義詞
五彩繽紛、光怪陸離	黯淡無光

常見錯誤

斑是指帶有花紋（古文中用「文」來表示），因此中間是「文」字，
注意不可寫成「班」。

例句

方鴻漸恨不能說：「怪不得閣下的大作也是那樣斑駁陸離。你們
內行人並不以為奇怪，可是我們外行人要報告捕房捉賊起贓了。」
　　　　　　　　　　　　　　　　　　——錢鐘書《圍城》

(166) 獨佔鰲頭
（簡體：独佔鳌头 dú zhàn áo tóu）

俗語／粵語：第一、奪冠

釋義

原指中了狀元，後泛指居於首位。「鰲」是傳說中的一種龐大的海生動物，頭像烏龜，尾巴像鯉魚，威猛無比，能夠背起一座大山。早在唐宋時期，皇帝殿前陛階上便鐫刻有巨大的鰲魚頭。科舉進士放榜時，只有狀元才能站在那裏。

近義詞及反義詞

近義詞	反義詞
鶴立雞群	名落孫山

常見錯誤

「佔」也可寫作「站」。「站」只是體現一種站立的狀態，而「佔」則有通過強力取得、處於某種地位或情勢之義，相比較而言，這個詞中用「佔」更為妥當。

例句

目前，我國蠶繭總產量已超過了許多國家，在國際蠶絲市場上，我們已獨佔鰲頭了。

(167) 耳熟能詳

（簡體：耳熟能详 ěr shú néng xiáng）

俗語 / 粵語：滾瓜爛熟、熟到爛、合埋眼背返出黎

釋義

聽的次數多了，熟悉得能詳盡地說出來。《說文解字》把「詳」解為「審議也」。其本義是詳細敘述。歐陽修《瀧岡阡表》中「吾耳熟焉，故能詳也」，意思是「聽的次數多以致於極為熟悉，可以詳盡地複述出來」，「耳熟」就是指「聽得多了」。

近義詞及反義詞

近義詞	反義詞
熟能生巧、耳聞則誦	前所未聞、寡聞少見

常見錯誤

人們常把「耳熟能詳」的「詳」字寫錯，因為「詳」的本義是詳細地敘述，與語言有關，所以是言字旁。

例句

原來這位哲學家仍然花了十分之九的篇幅去批判康德的久已耳熟能詳的反動性。

——李亞農《欣然齋史論集》

(168) 高屋建瓴

（簡體：高屋建瓴 gāo wū jiàn líng）

俗語 / 粵語：居高臨下

釋義

把瓶子裏的水從高屋頂上傾倒，比喻居高臨下，勢不可擋。

近義詞及反義詞

近義詞	反義詞
高高在上、居高臨下	／

常見錯誤

很多人看到這個詞會以為要在高高的屋頂上建造一個東西，這是望文生義導致的錯誤理解。掌握「建」「瓴」的意思後，就能夠更好更準確地理解這個成語。「建」通「灒」（jiǎn），是傾倒、倒水的意思。「瓴」從瓦，令聲，表示與陶器有關，本義是指一種盛水的瓶子。

例句

張局長的重要講話既高屋建瓴，具有宏觀指導性，又符合基層實際，具有很強的實踐性。

169 雋永

（簡體：隽永 juàn yǒng）

俗語 / 粵語：回味無窮、耐尋味

釋義

詩文和語句意味深長，耐人尋味。「雋」的本義是鳥肉肥美，後來泛指肥美之肉，美味。人們將肉之美味引申為詩文與語句之味美，賦予「雋」以意味悠長之義。「餘雋」就是意味深長的意思。

近義詞及反義詞

近義詞	反義詞
耐人尋味、引人入勝	枯燥乏味、索然無味

常見錯誤

「雋」有兩個讀音，在「雋永」一詞中讀 juàn。而讀 jùn 時，通「俊」，有優秀、才智出眾的意思，比如「雋材」「雋良」。

例句

正像魯迅的小說《祝福》《故鄉》《傷逝》等的結尾一樣，不但蘊藉雋永，而且富於音樂感。

——王蒙《我願多分點好的故事》

(170) 鱗次櫛比
（簡體：鱗次栉比 lín cì zhì bǐ）

俗語／粵語：整齊

釋義

鱗，魚鱗。次，順序。比，並列。原指像魚鱗和梳子的齒一樣整齊排列。後來多用以形容房屋、船隻等排列得很密集、很整齊。也用作「櫛比鱗次」。

近義詞及反義詞

近義詞	反義詞
密密麻麻	參差不齊、雜亂無章

常見錯誤

「櫛」容易錯寫為「節」。「櫛」，《說文解字》說解為「梳比之總名也」，意指梳子、篦子等梳髮工具，而梳髮工具多為木製，所以為木字旁。另外，「鱗次櫛比」多用於形容房屋和船隻，不能錯用於形容山丘連綿排布的樣子。

例句

那商店鋪面，樓房街舍，就沿着這條蜿蜒曲折的街道……鱗次櫛比、層層疊疊，密集如蜂房蟻巢。

——路遙《平凡的世界》

(171) 每況愈下
（簡體：每况愈下 měi kuàng yù xià）

俗語 / 粵語：變差、愈黎愈唔掂

釋義

指情況愈來愈壞，愈來愈糟糕。「愈」的本義是病好，也可用作副詞，作為遞進，有更加之義。「況」並非情況，而是指因為對比而更加明顯。

近義詞及反義詞

近義詞	反義詞
江河日下、日走下坡	欣欣向榮、蒸蒸日上

常見錯誤

「愈」在古文裏有更加的意思。用於「每況愈下」「愈演愈烈」。注意不要和「越」搞混。

例句

的確，老輩一天少似一天，人才好像每況愈下。

——錢鐘書《圍城》

(172) 朦朧

（簡體：朦胧 méng lóng）

俗語／粵語：模糊、唔清楚

釋義

光線微明的樣子，模糊不清的樣子，神志迷糊的樣子。

近義詞及反義詞

近義詞	反義詞
模糊、混沌、隱約	明朗、皎潔、清晰

常見錯誤

月光不明是「朦朧」，兩個字都是月字旁。還由月光不明引申出了不清楚、模糊的意思。日光不明是「曚曨」，兩個字都是日字旁；而「睡眼蒙矓」的「蒙矓」是形容眼睛看東西模糊的樣子，所以「矓」是目字旁，這個詞規範的寫法是「蒙矓」，而不是「朦朧」。

例句

她疲憊的朦朧的意識已經分辨不清，只是下意識地從那個人的臂彎裏掙脫出來，無力地倒在沙灘上。

——楊沫《青春之歌》

撲朔迷離
（簡體：扑朔迷离 pū shuò mí lí）

俗語 / 粵語：錯綜複雜

釋義

比喻事物錯綜複雜，難於辨別。

近義詞及反義詞

近義詞	反義詞
眼花繚亂、虛無飄渺	一清二楚

常見錯誤

「朔」和「溯」很容易混淆，含有「朔」字的常用詞有「撲朔迷離」、「朔方」（指北方）；而含有「溯」的常用詞則是「追溯」。

例句

這些傳說儘管撲朔迷離，卻喚起了我的希望。

——王蒙《歌神》

(174) 蹊蹺
（簡體：蹊蹺 qī qiāo）

俗語 / 粵語：古怪、奇怪

釋義

可疑，奇怪，或指花招、不為人知的內幕等。

近義詞及反義詞

近義詞	反義詞
奇怪、可疑	正常

常見錯誤

「蹊」是形聲字，從足，奚聲。「蹺」也為形聲字，從足，堯聲。「蹊蹺」是聯綿詞，泛指情況不正常、有點奇怪。

例句

宋江見了這個大漢走得蹊蹺，慌忙起身，趕出茶房來，跟着那漢走。

——施耐庵《水滸傳》

(175) 日臻完善
（簡體：日臻完善 rì zhēn wán shàn）

俗語 / 粵語：漸入佳境

釋義

一天天漸漸達到完美的境地。

近義詞及反義詞

近義詞	反義詞
漸入佳境	每況愈下

常見錯誤

「臻」在「日臻完善」中為動詞，是到達的意思，不能誤寫為「榛」或者「珍」。「榛」是一種落葉喬木，因此從木。而「珍」是珍寶之義，與到達的意思也是相去甚遠。

例句

北京 2008 奧運會的基礎設施已日臻完善。

(176) 栩栩如生
（簡體：栩栩如生 xǔ xǔ rú shēng）

俗語／粵語：好逼真、好似真嘅一樣

釋義

栩栩，生動活潑的樣子；「如生」，即從字面上理解為「像活的一樣」。形容藝術形象非常逼真，像活的一樣。

近義詞及反義詞

近義詞	反義詞
活靈活現、維妙維肖	泥塑木刻、死氣沉沉

常見錯誤

「栩」原來和樹有關，因此是木字旁，需注意這個字不讀 yǔ，而讀 xǔ。

例句

這些畫裏的蝦所以栩栩如生，是由於他深刻觀察過真正的蝦的生活。

——秦牧《藝海拾貝·蝦趣》

(177) 一塌糊塗

（簡體：一塌糊涂 yì tā hú tú）

俗語 / 粵語：差到無譜、差到無人有

釋義

形容亂到不可收拾，糟糕到不可收拾。

近義詞及反義詞

近義詞	反義詞
亂七八糟	井然有序

常見錯誤

《廣雅》中有「塌，墮也」的說法。「塌」就是倒塌。「一塌糊塗」的「塌」，不要寫成「蹋」或「踏」。此外，「塌」讀 tā，注意不要讀成 tà。

例句

我見過一些西方作家的手稿，有人甚至把校樣都改得一塌糊塗，我自己也有過這樣的事情。

——巴金《隨想錄》

(178) 一葉障目

（簡體：一叶障目 yí yè zhàng mù）

俗語／粵語：鬼掩眼

釋義

比喻被局部的或暫時的現象所迷惑，不能認清事物的全貌或者問題的本質。

近義詞及反義詞

近義詞	反義詞
以偏概全、盲人摸象	明察秋毫、洞若觀火

常見錯誤

《說文解字》把「障」說解為「隔也」，本義就是阻隔，引申為遮蔽之義，注意：不要把「一葉障目」的「障」寫成「章」或者「瞕」。

例句

採取不同觀點的水平思考，可避免一葉障目、不見泰山之弊。

熠熠生輝

（簡體：熠熠生辉 yì yì shēng huī）

俗語／粵語：發光發亮

釋義

鮮明；光彩閃耀。

近義詞及反義詞

近義詞	反義詞
閃閃發光	黯淡無光

常見錯誤

「熠熠生輝」和「煜煜生輝」容易混淆。「熠熠」是光耀、鮮明的意思。熠熠生輝：形容光彩閃耀的樣子，用來形容抽象事物，比如陽光、形象。「煜煜」是明亮、熾盛的樣子。煜煜生輝：用來形容具體實物的表象。

例句

三個彩綠隸體字，熠熠生輝，成為我書房的一道風景線。

——孫犁《我的金石美術圖畫書》

(180) 捉襟見肘

（簡體：捉襟见肘 zhuō jīn jiàn zhǒu）

俗語／粵語：困難重重、搞唔掂、窮

釋義

拉一下衣襟就露出胳膊肘，形容衣服破爛。也比喻困難重重，應付不過來。

近義詞及反義詞

近義詞	反義詞
顧此失彼、左支右絀	綽綽有餘、應付自如

常見錯誤

「肘」字容易誤寫。「肘」是會意字，它是人身體的一部分，所以是肉月旁。「肘」的本義就是上下臂相接處可以彎曲的部位，即胳膊肘。「肘」的古今詞義變化不大。「肘腋之患」是指身邊的禍患。「掣肘」是指拉住胳膊，比喻在旁邊牽制和阻撓。和肘一樣，形容人身體的詞多用肉月旁，比如肩、胛、腋、胳、膊、腕、肱、臂等。

例句

平時所過的早就是捉襟見肘的生活，更哪有甚麼餘錢來做歸國的路費呢？

——郭沫若《學生時代·創造十年》

(181) 犖犖大端
（簡體：荦荦大端 luò luò dà duān）

俗語／粵語：要點、重點

釋義

指明顯的要點或主要的方面。

近義詞及反義詞

近義詞	反義詞
茲事體大	細枝末節、雞毛蒜皮

常見錯誤

「犖」本義是帶雜色花紋的牛，所以下半部分是牛字。注意「犖」不能誤寫為「葷」或「縈」（yíng）。「葷」本義是指蔥蒜類辛臭的可食用的植物。「縈」本義是像細絲一樣迴旋纏繞。

例句

他的《中國文學簡史》高瞻遠矚，犖犖大端，有一種卓然不群的氣象。

——袁行霈《他的生命就是一首詩》

182 無妄之災

（簡體：无妄之灾 wú wàng zhī zāi）

俗語 / 粵語：飛來橫禍

釋義

指平白無故受到的損害。

近義詞及反義詞

近義詞	反義詞
池魚之殃	自取其禍、罪有應得

常見錯誤

《說文解字》對「妄」的解釋是「亂也」，意思是胡亂。諸葛亮《出師表》中有「妄自菲薄」的言辭，其中的「妄」就是胡亂的意思。注意，「無妄」的「妄」是「妄想」的「妄」。

例句

靖華是未名社中之一員；未名社一向設在北京，也是一個實地勞作、不尚叫囂的小團體。但還是遭些無妄之災，而且遭得頗可笑。

　　——魯迅《且介亭雜文末編·曹靖華評〈蘇聯作家七人集〉序》

(183) 祥瑞
（簡體：祥瑞 xiáng ruì）

俗語 / 粵語：好意頭

釋義

指好事情的兆頭或徵象。「祥」本義是福，意思依從「示」，表示神的指示，因此，漢字中帶「礻」的字很多都和神靈有關；「瑞」在古代是指作為信物的吉祥美玉，引申用來形容能夠帶來好運的、吉祥的東西。

近義詞及反義詞

近義詞	反義詞
吉祥、禎祥	凶兆

常見錯誤

「祥」的左邊是示字旁「礻」，而不是衣字旁「衤」。

例句

祥瑞不在鳳凰、麒麟，太平須得邊將、忠臣。

——《舊唐書·盧群傳》

(184) 奉為圭臬

（簡體：奉为圭臬 fèng wéi guī niè）

俗語 / 粵語：準則、模範

釋義

圭臬，比喻事物的準則。比喻把某些言論或事作為準則。

近義詞及反義詞

近義詞	反義詞
奉為楷模、奉為神明	視如草芥、視如敝屣

常見錯誤

「圭」本義指古代帝王或諸侯在舉行典禮時拿的一種玉器，上圓（或劍頭形）下方，而這裏的「圭」指的是一種測日影的儀器，被引申為標準、準則。「圭」不要誤寫為「規」。

例句

兩個多世紀後，他關於民族和國家的觀點被奉為圭臬。

(185) 賦閑
（簡體：赋闲 fù xián）

俗語 / 粵語：無所事事、失業、無業

釋義

晉朝潘岳辭官回家，並寫了名篇《閒居賦》，後來把沒有職業在家閑着稱作「賦閑」。現在「閑」用作「閑暇、悠閑」。

近義詞及反義詞

近義詞	反義詞
失業	繁忙

常見錯誤

「賦閑」的「賦」字《說文解字》解為「斂」，也就是徵收、收稅的意思，與財物有關，所以是貝字旁。

例句

這些日子，家中光景很是慘澹，一半為了喪事，一半為了父親賦閑。

(186) 集腋成裘

（簡體：集腋成裘 jí yè chéng qiú）

俗語 / 粵語：積少成多

釋義

腋：腋下，指狐狸腋下的皮毛；裘：皮衣。狐狸腋下的皮毛雖小，但聚集起來就能製成皮衣，比喻積少成多。

近義詞及反義詞

近義詞	反義詞
聚沙成塔、積土成山	杯水車薪

常見錯誤

「腋」從肉，夜聲，小篆字形本為「亦」，指事，本義就是腋下。《廣雅》釋義為「胳謂之腋」。「腋」是身體的一部份，所以為肉月旁。這個字容易與「液」字混淆。「液」字是液體的意思，表示的是水，所以部首為三點水。

例句

為了幫助這個同學度過難關，全校師生發起愛心捐款，集腋成裘。

(187) 旁徵博引

（簡體：旁征博引 páng zhēng bó yǐn）

俗語 / 粵語：引用參考資料

釋義

指說話或寫文章時為了證明論點而廣泛地引用各種材料。

近義詞及反義詞

近義詞	反義詞
引經據典	理屈詞窮

常見錯誤

「徵」字《說文解字》解為「召也」，引申為徵引的意思。「旁徵博引」的「徵」，本義是「徵召」，引申為徵求、證明等意思。注意不要把「徵」寫成「證」。

例句

王太太旁徵博引，為趙太太的理論下注解與做證。

——老舍《老張的哲學》

(188) 身陷囹圄

（簡體：身陷囹圄 shēn xiàn líng yǔ）

俗語／粵語：坐監、入冊

釋義

囹圄：監獄的意思，身陷囹圄即坐牢之義，也可寫作陷身囹圄。

近義詞及反義詞

近義詞	反義詞
身陷桎梏	重見天日

常見錯誤

這個成語讀音是難點，應注意「圄（yǔ）」字的讀音，不可認字認一半，誤讀為 wù。和「囹圄」容易記混的有「囫圇吞棗」的「囫圇」二字。

例句

儘管身陷囹圄，但維權人士從沒有放棄為人民爭取公平公義的希望。

(189) 衞冕

（簡體： 冕 wèi miǎn）

俗語 / 粵語：冧莊

釋義

指競賽中保住上次獲得的冠軍稱號。冕是指大夫以上官員的帽冠。意義依從「冃」，讀音同「免」。也有說法認為「冕」字中的「免」字既表聲，又表意，因為「免」的金文字形像人戴帽子之形，為「冕」的最初寫法。

近義詞及反義詞

近義詞	反義詞
蟬聯	失利

常見錯誤

這個成語讀音是難點，應注意「冕（yǔ）」字的讀音，不可認字認一半，誤讀為 wù。和「冤冤」容易記混的有「囫圇吞棗」的「囫圇」二字。

例句

為了能在學界籃球比賽中衞冕成功，全校師生努力打氣，加強籃球隊隊員的信心。

(190) 物競天擇

（簡體：物竞天择 wù jìng tiān zé）

俗語／粵語：弱肉強食、淘汰

釋義

「物競」指生物之間相互競爭，能適應自然的就被選擇生存下來，不能適應的就要漸漸被淘汰的現象。「物競天擇」是 19 世紀英國生物學家達爾文「進化論」學說的重要觀點，原指自然界生物進化發展的一般規律，後也指人類社會中優勝劣汰的規律。

近義詞及反義詞

近義詞	反義詞
適者生存、弱肉強食	共存共榮

常見錯誤

注意，不要把「物競天擇」的「競」寫成「究竟」的「竟」。

例句

我是說在這個問題上，千萬不要忽略那著名的物競天擇、適者生存的法則，把那弱肉強食的道理，也該透透徹徹地給孩子們灌輸下去。

——歐陽山《苦鬥》

(191) 囿於成見

（簡體：囿于成见 yòu yú chéng jiàn）

俗語 / 粵語：先入為主、死牛一邊頸

釋義

局限於原有的看法。「囿」的本義是古代帝王養禽獸的園林，後泛指四周有欄擋的菜園、果園，引申為事物的萃聚之所，或拘泥、局限。

近義詞及反義詞

近義詞	反義詞
固執己見、墨守成規	客觀持平

常見錯誤

「囿」外邊的「囗」表示範圍和區域，是全包圍結構，不可寫成門字框。「成見」的意思是固執不變的看法，偏見；「成」是指已定的、定型的、現成的；「見」的意思是對於事物的看法，意見。因此「成見」不應誤寫為「陳見」或「成諫」等。

例句

作者囿於成見，在文章裏把自己的個性隱匿了。
——周國平《哲學的魅力》

(192) 闌珊
（簡體：阑珊 lán shān）

俗語 / 粵語：衰落

釋義

將盡，衰落。「闌」用作名詞時，本義指的是「門前的柵欄」，引申為欄杆。作動詞用時，有殘、盡之義，如「闌殘」「夜闌人靜」等；還有衰退、衰落、消沉的意思，如「意興闌珊」。「闌」還有妄自、擅自之義，如「闌入」「闌出」，表示擅自出入。

近義詞及反義詞

近義詞	反義詞
衰落、凋零	盎然、繁盛

常見錯誤

「闌」的本義是「門前的柵欄」，因此與「門」相關。

例句

他像是個始終精進的人，意興闌珊是同他絕對聯不上的。

——葉聖陶《倪煥之》

(193) 杯盤狼藉
（簡體：杯盘狼藉 bēi pán láng jí）

俗語 / 粵語：亂七八糟、七國咁亂

釋義

杯盤等放得亂七八糟。形容宴飲後桌上凌亂的樣子。

近義詞及反義詞

近義詞	反義詞
雜亂無章、亂七八糟	井然有序、井井有條

常見錯誤

「藉」不要誤寫為「籍」。兩個字的讀音相同，聲旁都是「耤」，形旁也相近，但字義是不同的。「藉」的本義為祭祀朝聘時陳列禮器的草墊子，因此為草字頭，讀作 jiè。盛多，雜亂是它的假借義，讀作 jí。關於「籍」，古人常常將寫有文字的竹簡編輯成冊，叫作「籍」，因此「籍」是竹字頭，常用的詞語有「戶籍」「典籍」「書籍」等。

例句

到徐州見着父親，看見滿院狼藉的東西，又想起祖母，不禁簌簌地流下眼淚。

——朱自清《背影》

(194) 跬步不離

（簡體：跬步不离 kuǐ bù bù lí）

俗語 / 粵語：寸步不離

釋義

一小步也不離開，形容跟得很緊，或者關係很密切。

近義詞及反義詞

近義詞	反義詞
如影隨形、形影不離	若即若離、天各一方

常見錯誤

「跬」字的意思是半步，古人稱行走時抬起一次腳跨出的距離為「跬」，行走時抬起兩次腳跨出的距離為「步」。所以「跬」這個字與腳有關，是足字旁，不能誤寫為字形很相似的「珪」字。

例句

三寶四寶又甚相愛，稍長即跬步不離，小家不知別嫌疑。

——紀昀《閱微草堂筆記》

寥若晨星

（簡體：寥若晨星 liáo ruò chén xīng）

俗語／粵語：寥寥可數、少得可憐、一隻手指都數得哂

釋義

稀少得好像早晨的星星。「寥」，本作「廫」，本義是空虛，寂靜。後引申出「冷清寂寞」「遼闊空曠」「高遠深遠」「稀少」等意思。「寥若晨星」中的「寥」是稀少的意思。

近義詞及反義詞

近義詞	反義詞
寥寥無幾、鳳毛麟角	多如牛毛、不勝枚舉

常見錯誤

「寥」讀 2 聲，不可讀作 3 聲或 4 聲；不能寫作「聊」或「廖」。晨是早晨之義，不能寫作「星辰」的「辰」。

例句

對魯迅書法的研究者，卻如鳳毛麟角，對魯迅書法的品評者亦寥若晨星。

196 美輪美奐

（簡體：美轮美奂 měi lún měi huàn）

俗語 / 粵語：壯觀

釋義

輪，高大的樣子；奐，繁複的樣子。形容建築物雄偉壯觀、富麗堂皇。

近義詞及反義詞

近義詞	反義詞
富麗堂皇	寒微簡陋

常見錯誤

人們常將「輪」字錯寫作「侖」，認為和「車」沒有關係。其實這裏的「輪」在古代是指「輪囷」，就是一種圓形的穀倉，在農業社會穀倉是很重要的，一般都修建得非常高大雄偉。「侖」在文言文裏的意思是思、想，《說文解字》中解釋為：「侖，思也。」人們也常將「奐」錯寫為「幻」，以為「美輪美奐」是漂亮、夢幻的意思。其實「奐」是眾多、盛大的意思。

例句

我們經過一個美輪美奐的區域，開車的告訴我們說這是西人和本地富翁的住宅區域。

—— 鄒韜奮《萍蹤寄語初集·驚濤駭浪後》

197 蓬蓽生輝

（簡體：蓬荜生辉 péng bì sheng huī）

俗語 / 粵語：添光彩

釋義

由於客人的到來或張掛別人贈送的字畫使陋室平添光彩。多用作謙辭。與「蓬蓽生輝」搭配的通常還有「寒舍」「足下」兩個詞，分別是謙稱和尊稱，三個詞合在一起即：「足下大駕光臨，令寒舍蓬蓽生輝。」

近義詞及反義詞

近義詞	反義詞
柴門有慶、蓬屋生輝	／

常見錯誤

「蓽」同「篳」，指荊條、竹子等編成的籬笆或其他遮攔物，「蓬蓽」在這裏代指用蓬草和荊竹做的房子。不可誤寫為「棚壁」。「蓬蓽生輝」是謙辭，不要誤用來讚美他人的家。

例句

君侯們枉駕下官，蓬蓽生輝。

——陳端生《再生緣》

(198) 青澀

（簡體：青涩 qīng sè）

俗語 / 粵語：不成熟、幼稚

釋義

形容果實尚未成熟時果皮顏色發青，口感發澀，後來引申為不成熟之義，既可指物，也可指人。「澀」的本義和水相關。「歰」既是聲符，也表義，它像四隻腳兩兩相抵，表示不滑，是會意字，本義為不滑溜。所以也可以指尚未達到圓潤自如的成熟境界，處於尚未成熟的階段，例如說文章、言辭「澀」。

近義詞及反義詞

近義詞	反義詞
稚嫩	成熟

常見錯誤

人們常把「青澀」的「澀」字寫錯，「澀」字右邊上面是「刃」，只有一點。

例句

隨着青澀年少的遠去，知道長相憶比長相聚更為可貴；學習不再虛擲光陰與情感。

——張曼娟《月光如水水如天》

(199) 妥帖
（簡體：妥帖 tuǒ tiē）

俗語 / 粵語：妥當

釋義

恰當；十分合適。「妥」從爪，從女。本義就是安穩、安定。「帖」的部首「巾」最初的字形，好像是布巾下垂的樣子，本義是用於擦洗的布。作為一個部首字，以「巾」為部首的文字本義多和布有關。「巾幗不讓鬚眉」中的「幗」，就是古代婦女戴在頭髮上的假髮或頭巾，後來借指婦女。

近義詞及反義詞

近義詞	反義詞
妥當、恰當	不妥

常見錯誤

「妥」和「帖」在這裏都是安定、安穩的意思。「帖」不要誤寫成「貼」。「帖」是「巾」部，本義是寫在帛上的書簽。「貼」是「貝」部，本義是典當。

例句

他辦事很讓人放心，不但井井有條，而且細膩妥帖，從來沒有錯漏。

(200) 味同嚼蠟

（簡體：味同嚼蜡 wèi tóng jiáo là）

俗語 / 粵語：淡茂茂

釋義

本義為味道如同嚼蠟一樣，形容沒有味道。後來延伸到文學上，形容語言、文章或聽人說話枯燥無味。

近義詞及反義詞

近義詞	反義詞
索然無味、枯燥乏味	津津有味、其味無窮

常見錯誤

人們常常把「嚼」字寫錯讀錯，「嚼」即以牙磨碎食物的意思，因此是口字旁。在讀音上「嚼」常用的有 jiáo 和 jué 兩個讀音。讀作 jiáo 時，用於「嚼食」「味同嚼蠟」「嚼舌根」等。讀作 jué 時用於「咀嚼」。

例句

這篇散文空話連篇，讀起來索然無味，味同嚼蠟。

(201) 甕中捉鼈
（簡體：瓮中捉鳖 wèng zhōng zhuō biē）

俗語 / 粵語：逃唔出手指罅、逃唔出五指山

釋義

比喻要捕捉的物件無處逃遁，下手即可捉到，很有把握。

近義詞及反義詞

近義詞	反義詞
甕中之鼈、十拿九穩	水中撈月

常見錯誤

「鼈」從魚，敝聲，左上部分「敝」中的一豎注意不能分開寫。另外需要注意不能誤寫為「鼇」。鼇是傳說中海裏的大龜或大鼈，女媧曾「斷鼇足以立四極」。「甕」為罈子，不能誤寫為「嗡」。「嗡」表示聲音，所以是口字旁。

例句

咱以後攻打柴胡店的時候，是甕中捉鼈，十拿九穩了。
——郭澄清《大刀記》

(202) 蕪雜
（簡體：芜杂 wú zá）

俗語／粵語：亂七八糟

釋義

雜亂，沒有條理。「雜」指各種顏色相配，也指摻雜、混雜，引申為煩瑣、細碎、眾多的意思，如雜亂、龐雜等。「蕪」本義為土地不耕種而雜草叢生。

近義詞及反義詞

近義詞	反義詞
繁蕪、冗長、雜亂	整潔、整齊

常見錯誤

「蕪」字容易寫錯，「蕪」的本義是土地因不耕種而雜草叢生，因此為草字頭。「蕪雜」由雜亂的草引申而來。

例句

目前是這麼離奇，心裏是這麼蕪雜。

——魯迅《〈朝花夕拾〉小引》

(203) 瑕不掩瑜

（簡體：瑕不掩瑜 xiá bù yǎn yú）

俗語／粵語：優點蓋過缺點

釋義

瑕：玉上的斑點，比喻缺點；掩：遮蓋；瑜：美玉的光澤，比喻優點。斑點無法掩飾玉的光澤，比喻缺點掩蓋不了優點。

近義詞及反義詞

近義詞	反義詞
大醇小疵	瑜不掩瑕

常見錯誤

「瑕」「瑜」都和玉相關，所以從斜玉旁。「掩」為遮蓋，是動作，所以為提手旁，不能誤寫為「淹」。

例句

儘管他有缺點，但瑕不掩瑜，總的方面還是好的。

(204) 寅吃卯糧
（簡體：寅吃卯粮 yín chī mǎo liáng）

俗語 / 粵語：入不敷支、洗大咗、洗突咗

釋義

寅年就吃了卯年的口糧。比喻入不敷出，預先支用了以後的收入。這個成語早期寫成「寅支卯糧」，「支」即支出的意思。在古代的紀年法中，寅年的下一年是卯年，因此寅吃卯糧的意思就是這一年就已經吃了下一年的口糧。

近義詞及反義詞

近義詞	反義詞
寅支卯糧、入不敷出	綽綽有餘

常見錯誤

卯是中國古代曆法中地支的第四位，不可寫作或讀作「卵」（luǎn）。另外寅不可讀作 yǎn。

例句

他心中惦念着大女兒。他雖然自己也是寅吃卯糧，可是的確知道這個事實，因而不敢不算計每一個錢的用途。

——老舍《正紅旗下》

(205) 炙手可熱

（簡體：炙手可热 zhì shǒu kě rè）

俗語／粵語：生人勿近

釋義

手一挨近就感覺熱，比喻氣焰很盛，權勢很大，使人不敢接近。

近義詞及反義詞

近義詞	反義詞
望而生畏、敬而遠之	平易近人、和藹可親

常見錯誤

「炙」和「灸」上半部分很像，容易混淆。「炙」是會意字，上面是肉，下面是火，本義是烤肉。「灸」是形聲字，從火久聲，本義是用艾草燒灼，是一種中醫療法。

例句

炙手可熱勢絕倫，慎莫近前丞相嗔。

——杜甫《麗人行》

(206) 瑰寶

（簡體：瑰宝 guī bǎo）

俗語 / 粵語：寶

釋義

形容特別珍貴的東西。「瑰」也可以引申為美好、美麗，比如「瑰麗」。

近義詞及反義詞

近義詞	反義詞
珍貴、珍奇、寶貝	糞土

常見錯誤

「瑰」字易錯，《辭海》將「瑰」解釋為美石。小篆字形「玉」和「王」的寫法都是三橫一豎，只是三條橫線之間距離大小有差別。後來「玉」字增加一點以便與「王」字相區別，但作為部首的「玉」（左偏旁）仍然保持小篆的寫法，即三橫一豎。因此「瑰」的左邊不是王字旁，而是斜玉旁。

例句

中國的文化源遠流長，燦爛輝煌，是世界的瑰寶。

(207) 門檻
（簡體：门槛 mén kǎn）

俗語 / 粵語：條件、竅門

釋義

指的是門框下部挨着地面的橫木（也有用石頭製成的）。也用來比喻進入某範圍的標準或條件，還用來指竅門，或者指找竅門、佔便宜的本領。

近義詞及反義詞

近義詞	反義詞
標準、條件、竅門	門楣

常見錯誤

《說文解字》中將「檻」（jiàn）說解為「櫳也」，意思是養禽獸的籠子、柵欄，也用來指關犯人的囚籠、監牢。注意「檻」除了作門檻時讀音為 kǎn，其餘義項都讀 jiàn。

例句

據說老年人對《望鄉》持反對態度的多，我已經踏進了七十五歲的門檻，可是我很喜歡這部電影，我認為這是一部好電影。
——巴金《談〈望鄉〉》

(208) 阡陌

（簡體：阡陌 qiān mò）

俗語 / 粵語：小路

釋義

田地中間縱橫交錯的小路。阡陌最早在秦漢時期是指田界、田壟，後泛指田間的小路。到了兩晉南北朝和唐代，又引申出途徑、門路之義。古人認為，往南是生的方向、往北是死的方向，因此「阡」也有「通往墳墓的道路」的意思。「陌」原本的意思是指田間小路，後也演變為泛指道路、街道。

近義詞及反義詞

近義詞	反義詞
道路、街道	/

常見錯誤

「阡」和「陌」的都是「阜」字旁（本義是土山、土埂），後簡化為「阝」旁，注意不要寫成單人旁或提手旁。

例句

阡陌交通，雞犬相聞。

——陶淵明《桃花源記》

(209) 乾坤

（簡體：乾坤 qián kūn）

俗語／粵語：局面、玄機

釋義

《易經》的乾卦和坤卦，借指天地、陰陽或江山、局面等。「乾坤」指陰陽兩種對立勢力，陽性的勢力叫作「乾」，陰性的勢力叫作「坤」。「乾」的作用是使萬物發生，「坤」的作用是使萬物生長。「乾坤」引申為天地、日月、男女、父母、世界等的代稱。人們常說的「內有乾坤」其實說的就是裏面像有另一個天地一般，暗藏着很大的玄機。

近義詞及反義詞

近義詞	反義詞
局面、手段	／

常見錯誤

「乾」字易寫錯。《說文解字》解為「上出也」，本義就是冒出。

例句

中國鼻煙壺雖小，但其實內有乾坤，集書畫、雕刻、鑲嵌、琢磨等技藝於一身，具有很高的藝術觀賞性。

(210) 杜康

（簡體：杜康 dù kāng）

俗語 / 粵語：酒

釋義

傳說是最早發明釀酒的人，文學作品中常用來指代酒。

近義詞及反義詞

近義詞	反義詞
酒	/

常見錯誤

元伊世珍在《琅嬛記》中寫道：「杜康造酒，因稱酒為杜康。」現在人們提起「杜康」，第一反應可能是杜康酒，但事實上，杜康是非常有名的歷史人物，因為傳說他是釀酒的鼻祖，所以被用來指代酒，也才有了現在著名的「杜康酒」。

例句

何以解憂？唯有杜康。

——曹操《短歌行》

(211) 斧鉞
（簡體：斧钺 fǔ yuè）

俗語 / 粵語：武器、刑罰

釋義

泛指兵器，也泛指刑罰、殺戮。斧和鉞的形制相同，兩者區別在於「大者稱鉞，小者稱斧」，斧刃比鉞刃更窄一些，鉞刃更寬大，呈弧形，像新月一樣。

近義詞及反義詞

近義詞	反義詞
兵器	/

常見錯誤

「鉞」最初寫作「戉」，《說文解字》解釋為「斧也」，是一種古代兵器，後來增加金字旁作「鉞」。注意：該字右邊的「戉」容易多寫一個點。

例句

大刑用甲兵，其次用斧鉞。

——《國語・魯語上》

㉒ 妝奩
（簡體：妆奁 zhuāng lián）

俗語 / 粵語：嫁妝

釋義

女子梳妝用的鏡匣，也借指嫁妝。

近義詞及反義詞

近義詞	反義詞
嫁妝、飾物	/

常見錯誤

「奩」指古人盛放梳妝用具的盒子。注意，「奩」不要誤寫作同音字「簾」。「簾」從竹，廉聲，本義為用竹、葦或布等做成的遮蔽門窗的用具，用於「窗簾」「簾幕」「竹簾」等。

例句

我為了玉成他出國求學的志願，變賣了我娘家給我陪嫁的所有妝奩飾物。

——何香凝《回憶孫中山和廖仲愷》

(213) 泱泱大國
（簡體：泱泱大国 yāng yāng dà guó）

俗語／粵語：堂堂大國、強國

釋義

形容氣勢宏大的國家。「泱泱」最早形容水大的樣子，後來「泱泱」引申為宏大。

近義詞及反義詞

近義詞	反義詞
／	彈丸之地

常見錯誤

「泱」不要錯寫為「央」。「泱」的本義是水面廣闊，所以有三點水。「泱泱大國」指幅員遼闊、氣魄宏大的國家，不是中央的國家，因此用「泱」。

例句

無法理解如此泱泱大國如此龐大的軍隊怎麼就打不過一個彈丸之地的倭寇？

——陳忠實《白鹿原》

(214) 妖孽
（簡體：妖孽 yāo niè）

俗語／粵語：妖魔鬼怪

釋義

怪異不祥的事物。也指妖魔鬼怪。

近義詞及反義詞

近義詞	反義詞
妖魔、鬼怪	神佛

常見錯誤

甲骨文字形中「薛」「孽」似為一字。「孽」字從薛從子，《說文解字》釋「孽」為「庶子也」，本義指的是庶出的孩子，即宗法制度下家庭的旁支。古人認為，人類社會的庶出和自然界的「蘗」（niè，即樹木砍去後從殘存莖根上長出的新芽）這種情況很相像，因此用「子」替換了「蘗」下的「木」，得到「孽」這個字。

例句

孫悟空擊退各方妖孽、衝破層層險阻，護佑唐僧一路向西取經。

自然篇

（215）甘霖

（簡體：甘霖 gān lín）

俗語／粵語：及時雨

釋義

指久旱以后所下的雨。

近義詞及反義詞

近義詞	反義詞
甘雨、甘露	乾旱

常見錯誤

《說文解字》中把「霖」解為「雨三日已往。從雨，林聲」。大意是說，「霖」是指雨連續下了三天以上。而「甘霖」一詞演變到現在，一般是特指大旱之後的降雨，和單指大雨有所不同。

例句

做甚麼三年不見甘霖降？也只為東海曾經孝婦冤。

——關漢卿《竇娥冤》

(216) 暮靄
（簡體：暮霭 mù ǎi）

俗語／粵語：晚霞

釋義

傍晚的雲霧。「靄」也指煙霧和蒸汽，氣象學上將輕霧也稱為「靄」。

近義詞及反義詞

近義詞	反義詞
晚霞	晨曦、朝霞

常見錯誤

「靄」上面有個「雨」，「雨」的甲骨文字形就像雨滴落下，本義是從雲層中落到地面的水滴，以「雨」為部首的漢字大都和雨有關聯。「靄」的本義是雲氣，是一種和雨相關的天氣現象，因此是雨字頭。「靄」不要誤寫成「藹」。「藹」上面是草字頭，本義是指草木繁盛的樣子。「藹藹」形容草木繁盛。

例句

暮靄籠罩了大宅，鄰屋上都騰起濃黑色的炊煙。

——魯迅《奔月》

(217) 霧凇

（簡體：雾凇 wù sōng）

俗語 / 粵語：霧

釋義

霧凝聚在樹木的枝葉上或電線上而成的白色鬆散冰晶，通稱「樹掛」。這是一種自然現象，在寒冷或潮濕的地方容易出現。

近義詞及反義詞

近義詞	反義詞
樹掛	/

常見錯誤

「霧凇」的「凇」為兩點水（冫），切勿錯寫作三點水（氵）。「凇」只用作氣象專用名詞，如「雨凇」「霧凇」不能誤寫為「淞」，「淞」則特指「吳淞江」，又名蘇州河，發源於太湖，跟黃浦江合流入長江。

例句

伴隨着我市突降的大霧，松花江兩岸出現了霧凇奇觀。

(218) 層巒疊嶂

（簡體：层峦叠嶂 céng luán dié zhàng）

俗語／粵語：山勢險峻

釋義

巒：連着的山；嶂：直立像屏障的山峰。形容山勢險峻、山嶺重疊。

近義詞及反義詞

近義詞	反義詞
千山萬壑	一馬平川

常見錯誤

「疊」為會意字，上邊的「畾」像物體疊放在一起。「疊」的本義是重疊。不要誤寫為「迭」。「迭」的本義是交替、輪流，如「迭變」就是交替變化，「迭進」就是輪番進言。同時，「迭」也有停止的意思，如「叫苦不迭」「忙不迭」。

例句

我喜愛那層巒疊嶂的青山，喜歡看明月懸掛在山崖之上，灑下皎潔、清冷月光。

(219) 料峭

（簡體：料峭 liào qiào）

俗語 / 粵語：寒涼

釋義

形容微寒（多指春寒）。

近義詞及反義詞

近義詞	反義詞
寒涼	炎熱

常見錯誤

「料峭」是疊韻聯綿詞，但偏旁不同，「料」不可寫成山字旁。

例句

春寒料峭，酷似冬天，到夜裏，蕭蕭寒風刮個不停，連屋裏點着的燈也被風吹熄了。

——紫式部《源氏物語》

(220) 耄耋之年
（簡體：耄耋之年 mào dié zhī nián）

俗語 / 粵語：老年

釋義

指的是八九十歲的高齡。

近義詞及反義詞

近義詞	反義詞
年過花甲	青春年少

常見錯誤

《禮記·曲禮》釋「耄」為「八十九十曰耄」，《說文解字》將「耋」說解為「年八十曰耋。字亦作耊」，人們根據這樣的解釋，把耄耋兩字連用代稱八九十歲，表達高齡、高 的意思，三國時期曹操有《對酒》詩：「人耄耋，皆得以壽終。」單獨的「耄」字還有年老昏亂之義，如「耄亂」（謂年老昏亂的人）、「耄昏」（年老昏瞶）、「耄瞶」（年老糊塗）等。

例句

爺爺說他已經到了耄耋之年，是活一天算一天了。

(221) 荏苒
（簡體：荏苒 rěn rǎn）

俗語 / 粵語：時光飛逝

釋義

時間漸漸過去，常形容時光易逝。「荏」比喻軟弱、柔弱的樣子，意為表面強硬，其實內心虛弱；或用來形容時光易逝，如「光陰荏苒」。「苒」是一個和草木相關的字，本義指的是草木繁盛的樣子，如「苒弱」「苒苒」，也用於比喻草木枝葉柔嫩或氣味、煙塵輕飄的樣子。後多比喻時間逐漸流逝。

近義詞及反義詞

近義詞	反義詞
蹉跎	度日如年

常見錯誤

「荏」音同「忍」，為 3 聲，而不是第 2 聲。

例句

光陰荏苒，轉瞬已是三年。

(222) 日薄西山
（簡體：日薄西山 rì bó xī shān）

俗語 / 粵語：太陽落山

釋義

太陽快要下山了。比喻衰老的人或腐朽的事物臨近死亡。

近義詞及反義詞

近義詞	反義詞
江河日下、日暮途窮	旭日東升、旭日初升

常見錯誤

「薄」不要誤寫為「簿」。「薄」是迫近的意思，而「簿」是指登記事物的冊子。「薄」用作迫近之義時正確讀音是 bó，不要誤讀為 báo。

例句

因此，在那個習慣於悲春傷秋的年代，你陪我看了多少個日薄西山的景致，我陪你看了多少個破曉闌珊的夜，我們彼此靜默地坐着，不言朝夕。

——七堇年《瀾本嫁衣》

□ 責任編輯：周宛媚
□ 封面設計：李婧琳
□ 排　　版：陳美連
□ 印　　務：劉漢舉

作文選詞正誤手冊

□
主編
關正文

□
出版
中華書局（新加坡）有限公司
211 Henderson Road, #05-04 Henderson Industrial Park, Singapore 159552
電話（新加坡）：(65) 6278 3535　　傳真：(65) 6278 6300
電話（香　港）：(852) 2137 2338　傳真：(852) 2713 8202
電子郵件：info@chunghwabook.com.hk
網址：http://www.chunghwabook.com.hk

□
發行
香港聯合書刊物流有限公司
香港新界大埔汀麗路 36 號
中華商務印刷大廈 3 字樓
電話（香　港）：(852) 2150 2100　傳真：(852) 2407 3062
電子郵件：info@suplogistics.com.hk

□
印刷
美雅印刷製本有限公司
香港觀塘榮業街 6 號 海濱工業大廈 4 樓 A 室

□
版次
2015 年 3 月初版
© 2015 中華書局（新加坡）有限公司

□
規格
特 64 開（168 mm×118 mm）

□
書號
ISBN：978-981-09-4616-6

本書由接力出版社授權出版繁體字版